# ラスト
# エンペラー
LAST EMPEROR

楡 周平
Nire Shuhei

角川書店

# ラストエンペラー

CONTENTS

Last Emperor

装　丁
泉沢光雄

カバー写真
123RF
Adobe Stock

# プロローグ

「三位のハンスまで、一・三一秒。行けるぞ！　プッシュ、プッシュ！」

　マシンの状態や、レースの状況を示すデータが表示されているモニターに目をやりながら、松浦健吾《まつうらけんご》はいった。

　グリッドにマシンが並んだ時点から、アドレナリンは全開だ。

　スタートの四秒前から一秒刻みで赤く灯《とも》ったシグナルが数を増していく。

　一転、それらの全てが消えた瞬間、凄《すさ》まじいばかりのエンジン音が上がり、二十台のマシンが第一コーナー目がけて猛然と加速していく。

　レース最初のクライマックス、ポジショニングを賭《か》けた争いの始まりだ。

　同時にそれは、レース中における事故の発生確率が最も高い危険な数秒間でもある。

　チームのマシンが首尾よくコーナーを抜けると、ピット内の緊張感と熱量は高まる一方となる。

　モニター上のマシンデータを監視しながら、刻々と変化していくレース状況の中で、ピットインのタイミングを考え、ピットクルーに指示を出して、一つでも順位を上げるべく、細心の注意を払いながら戦略を立てなければならない。

　だから、先行車を捕らえるチャンスが来ると、体内に張り続けていたアドレナリンの濃度は一気に高まる。しかも、レースは終盤。あと三周を残すばかりだ。

冷静に指示したつもりだが、どうしても松浦の声には熱が入ってしまう。

「ＯＫ……次のコーナーで仕掛ける……」

ヘッドフォンを通して佐村良樹《さむらよしき》の声が聞こえてきた。

息こそ荒いが、冷静かつ、固い決意が籠《こ》もった声だ。

佐村は現在四位を走行中で、マシンの状態にも問題は見当たらない。前走のハンスを抜けば表彰台はほぼ確実、さらに二位とは、そこから四秒余りの差だ。ここで抜ければ、もう一つ高い順位も見えてくる。

しかも、数あるレースの中での二位ではない。

〝チーム・トミタ〟は日本屈指の自動車メーカー、トミタ自動車工業が運営するＦ１チームだ。エンジンから車体に至るまで、全て自社開発のマシンでＦ１レースに参入して十一年。かつては他に二つあった日本の自動車メーカーが運営するチームも相次いで撤退し、今やトミタを残すのみ。そのトミタも、今季を最後に撤退することが既に決定しているのだ。

つまり、松浦にとってはラストシーズン。佐村にとっては、他のチームに移籍できるかどうかは今季の戦績次第。才能に溢《あふ》れたレーサーが次々に現れる中、Ｆ１レーサーとしての選手生命が懸かったレースでもあるのだ。

十一年の間に、二度の総合優勝を成し遂げたチーム・トミタも、ここ四シーズンは四位に甘んじてきた。

レースにはトラブルがつきものだ。マシン同士が接触、衝突すれば、コース上にデブリが散乱する。それをタイヤが踏んで、バーストすることもあれば、エンジンやシステムに異常をきたし、リタイヤすることだってある。

この二シーズン、トラブルは佐村に集中し、ドライバーズポイントは低迷、年齢も三十五歳と、全盛期を過ぎたとみなす向きもある。

しかし、ここで表彰台に登ることができれば、他チームから移籍の誘いを受ける可能性はグッと高くなる。佐村には、ビッグチャンスの到来と映っているのは間違いない。

松浦は、改めてモニター上のデータに目を走らせた。

メカニックに異常はない。燃料の残量にも問題はない。気になるのはタイヤの摩耗具合だが、こちらも何とかもちそうだ。

松浦は佐村のマシンに搭載された、車載カメラからの映像に目をやった。

次のコーナーは絶好の抜きどころだ。

インから抜くか、アウトから抜くかは、ドライバーが状況を見極めての選択になるが、もちろん先行している三位のハンスも必死だ。

レーサーは闘争心の塊だ。勝利にも貪欲《どんよく》である。

早くは就学前の幼少期からカートレースに親しみ、全寮制のドライビングスクールでプロレーサーの道を目指し、F3、F2で結果を出し、ようやく最高峰の舞台に身を置くことを許された、F1レーサーは特にそうだ。

インを突けば被《かぶ》せてくるし、アウトを突けば外に押し出しにくる。まさに、どちらが引くかのチキンゲーム。ドライバーの意地とプライドが最高潮に達する瞬間で、接触、リタイアという事態も当たり前のように起こる。

佐村は減速のタイミングを遅らせる。

距離が急速に縮まったのに気を取られたのだろう。ハンスが僅《わず》かに外に膨らみブロックを試みる。

佐村はそのタイミングを見逃さなかった。

すかさずインを突き、一気に抜きにかかる。そうはさせじと、寄せてくるハンスのマシンとの接触を避けるべく、佐村のタイヤがコースの縁石に乗り上げる。

Ｆ１でのコーナーリングは、数センチレベルの精度が求められるが、勝負所となれば話は別だ。車体が傾く中で、佐村はアクセルを目一杯踏み込む。

コーナーを抜けたところで、佐村が完全に前に出た。

「ＯＫ、ヨシ！　飛ばせ！　追え！　次のマーティーまで……」

改めてモニターに表示されたタイム差を見て、松浦は目を疑った。

四秒ちょっとあった二位とのタイム差が、三秒台後半にまで縮まっているのだ。

「マーティーのマシンに何か起きたようだ。三秒台、いや今三秒台前半にまで縮まっているぞ！」

さすがに興奮が抑えきれない。

松浦は大声で叫んだ。

「ＯＫ。プッシュ……」

落ち着いてはいるが、佐村の声に熱が籠もり、息づかいが荒くなった。

マーティーとの間には、周回遅れのマシンが二台いる。

長い直線に入って、その姿が視界に入ったのだろう。目標が見えるのと見えないのとでは大違いだ。

モニター上の回転数が瞬く間に跳ね上がる。速度も急速に上がり、時速二百五十キロに達しようとしている。

「プッシュ、プッシュ……」

自らを鼓舞するかのように、佐村が呟《つぶや》く。

周回遅れのマシンとの距離が、みるみるうちに縮まっていく。

速度は二百六十キロを超え、さらに急激に上がっていく。

「いいぞ！　三秒まで縮まった！」

車載カメラからの映像を見ながら、松浦が告げたその時だった。

急速に距離を詰めてくる佐村に道を譲ろうと、左に寄せようとした前走車の姿勢が大きく崩れ、大きな物体がコース外に飛んでいくのが見えた。

タイヤだ……。

次の瞬間、バランスを崩したマシンが、佐村の行く手を阻む形でコースをふさいだ。

悲鳴をあげる暇《いとま》もない。

本能的に衝突を避けようと、佐村はハンドルを右に切る。

三百キロに達しようとする速度では、ハンドルの利きは極端に敏感になる。

車載カメラの映像が激しく揺れ、横に白い帯が浮かんだ瞬間、映像が途切れた。

松浦は咄嗟《とっさ》に、佐村のマシンを追っていた中継画像に目をやった。

そこに映し出されていたのはガードレールに激突し、オレンジ色の炎に包まれた佐村のマシンだった。

最悪だ……。モーターレースに事故はつきものだが、中でも最も危険なのが火災だからだ。

松浦は椅子から立ち上がり、ヘッドフォンを外した。

自分たちが受け持つマシンの映像を奥で注視していたピットクルーの間から、悲鳴が上がっている。

「ヤバイ。早く脱出しないと……」

隣にいる日本人のチームメンバーが、モニターを食い入るように見詰めながら声を震わせる。

「おい、ヨシ……。何やってんだ、早く出ろ！」

Ｆ１マシンはサバイバル・セルと称される、燃料タンク、コックピットなどが一体となった構造をしており、高い剛性を持つと同時に、衝撃を吸収するにも極めて優れた素材でできている。火災についても消火システムが備え付けられているし、ドライバーが七秒以内に脱出できるよう義務づけられてもいる。しかし、想定を超える出来事が起こり得るのが事故である。

いま、画面に映し出されている映像がまさにそれだ。

爆発的に膨れ上がった火球は、激しく損傷した車体を飲み込み、火勢は増すばかりなのだ。

「レスキューは！　消火しろよ！　ぐずぐずしていたら……」

その先を口にしてしまうと現実になりそうで、松浦は言葉を呑《の》んだ。

脱出が七秒以内にと定められているのには、もちろん根拠がある。

ドライバーは不燃性のスーツを着用し、頭部も同様の素材で覆ってはいるが、猛火の中では七秒が限界だからだ。

ほどなくしてコース脇に待機していたエマージェンシーサービスが現れ、消火作業を始めた。しかし、消火器だけでは火勢に衰える気配はない。

刻一刻と最悪の事態が現実となりそうな予感がして、松浦は恐怖を覚えた。

佐村が自らの力で脱出してくる気配はない。

となると考えられるのは、激突の衝撃で意識を失っているか、上体をシートに固定しているハーネスを外せずにいるか、ひしゃげた車体が脱出を阻んでいるか、あるいは既に死亡しているかのいずれかだ。

まさか……。

恐怖が絶望に変わりそうになったその時、炎の中を覗《のぞ》き込んでいたエマージェンシーサービスの一人が、火焔《かえん》の中に腕を入れると、中から佐村を引き摺《ず》り出すことに成功した。

瞬間、絶望の中に希望が芽生えた。

救出の様子からして、少なくとも佐村は激突の直後にはまだ意識があり、自らの手でシートベルトを外していたと思われたからだ。

だが、それも一瞬のことで、大写しになった佐村の姿を目にした途端、松浦は前にも増して酷《ひど》い絶望感に襲われた。

ヘルメットのシールドが、溶けているのが見て取れたのだ。

スーツが燻《くすぶ》っているのだろう、佐村の体から白煙が上がっている。地面に横たわった佐村は、微動だにしない。

果てもなく深く、重い沈黙がピットを満たす中、誰かの声が聞こえた。

「レッドフラッグが出た……」

# 第一章

## 1

時刻は午後六時半になろうとしていた。

個室のドアが開き、先に到着していた村雨克明《むらさめかつあき》の姿を見るなり、壇一馬《だんかずま》は少し驚いた様子で、

「お待たせしてしまいましたか、申し訳ございません」

詫《わ》びの言葉を口にする。

「謝ることはないさ。定刻ぴったりだ。思いの外、道が空《す》いていてね。私の方が少し早く着いてしまっただけだよ」

村雨は苦笑しながらいい、「料理はコースを頼んだけど、それでいいかな?」

壇に向かって問うた。

「社長が馴染《なじ》みになさっている店のようですので、お任せいたします」

「酒は?」

「同じものを頂戴《ちょうだい》します。酒とゴルフに背中は見せません。酒なら、なんでもござれですので……」

「酒とゴルフに背中は見せんか。そいつぁいいや」

村雨は呵々《かか》と笑い声を上げると、部屋の隅に待機していたウエイターに向かって、

「シェリーを。ドライなやつをね」

食前酒をオーダーした。

「かしこまりました」

グラスにミネラルウォーターを注ぎ入れたウエイターが部屋を出たところで、村雨は壇に向かっていった。

「今日は、君と腹を割って話したいことがあってね。長くなりそうなんで、飯でも食いながらと思ったんだ」

「腹を割って……ですか?」

「実はね、そろそろ社長を降りようと考えているんだ」

「えっ?」

こんな話が出るとは思いもしていなかったのだろう。

壇は一切の動きを止め、ぽかんとした表情で村雨の顔を見詰める。

しかし、それも一瞬のことで、

「ご冗談を。村雨さんが社長に就任して以来、我が社は増収増益、過去最高の決算を更新し続けてきたんですよ。年齢だって、六十五歳とまだまだ若くていらっしゃるのに、社長を降りるだなんて、よして下さいよ」

壇は冗談だと思ったらしく、苦笑を浮かべながら水が入ったグラスに手を伸ばす。

「冗談なんかじゃないさ。私は本気でいってるんだ」

グラスを口元に運ぼうとした、壇の手が止まる。

村雨は続けた。

「知っての通り、自動車業界は、まさに革命的といえる大転換期を迎えようとしている」

「EV（電気自動車）……ですね……」

壇の顔から笑みが消え、眼差《まなざ》しが俄《にわか》に鋭くなった。

「EVは自動車といっても、ガソリンエンジン車とは似て非なるもの。走るコンピュータと称すべきものだ」

「はい……」

「さらにEVは、従来の自動車業界の産業構造を根底から変えてしまう。エンジン開発は不要になるし、部品点数、調達先も大きく変わる」

「販売体制も見直さざるを得ないでしょうしね」

続く言葉を先回りする壇に、村雨は頷《うなず》くと話を続けた。

「現にアメリカのEVメーカーは、ディーラーを一切持たず、メーカー直販。オーダーもネットでしか受け付けてはいないからね」

「その点は、最大の脅威と認識しております。いずれの国でもディーラー網の整備が海外メーカーの市場参入を困難にしてきたのは事実ですし、車はネットで注文するものという意識が消費者の間に浸透すれば、ディーラーは街から消えた電器店と同じ道を辿《たど》ることになるでしょうからね」

「私は社長に就任して以来七年になるが、EVの時代の到来をいち早く察し、着々とその時に備えてきたつもりだ」

「おっしゃる通りです」

壇は村雨の言葉を、即座に肯定する。「実際、傘下の部品製造メーカーには、EV時代の到来に備えるべく、新たな顧客の開拓、技術転用、新技術の開発をいち早く指示しておられましたからね」

「それでも、既存の自動車産業従事者の全員を救えるわけではない。自動車産業の裾野《すその》は広いといわれるが、部品製造メーカーだって、我が社の関連会社だけではないからね。下請け、孫請けは数知れず。EV化の波が押し寄せてきたら、救える人数よりも、切らねばならない人数が遥《はる》かに勝ることは避けられないよ」

「まさか、そのことに対して自責の念を覚えていらっしゃるわけではありませんよね」

壇はそう訊《たず》ねてくると、村雨がこたえるより早く続ける。

「でしたら、それは間違いです。村雨さんが社長就任直後に、EVの自社開発に本格的に取り組むと宣言なさった際には、役員の大半が反対したと聞きました。それを押し切って他社に先駆けて自社開発に踏み切ったからこそ、一気に十四車種ものEVのリリースに目処《めど》がついたのではありませんか。出遅れていたならばトミタ本体はもちろん、関連会社も雁首《がんくび》揃えて経営の危機に瀕《ひん》していたところです」

壇は十四車種もというが、ことEVに関しては車種を増やすのは難しい話ではない。

そこが、ガソリン車とは大きく異なる点である。

というのも、動力源のモーターやシャーシは汎用《はんよう》性が高く、他車種にも応用できる。つまり、外見や内装を変えることでバリエーションを増やすことができるからだ。

バッテリーにしても、同じことがいえる。

充電時間と走行距離の長短でバッテリーの価格は決まる。高級車には高性能のバッテリーを、日頃の足として使用される小型車には安価なバッテリーを、要はユーザーのニーズに合わせることで、価格帯にもバリエーションを持たせることができるのだ。

「ビジネスは生き物だ。常に危機感を持ち、生き残る術《すべ》を事前に講じておくのは経営者の義務だからね。そして、泣いて馬謖《ばしょく》を斬る覚悟、いや時には涙を見せることなく斬る覚悟を持たねば、経営者は務まるものではない。だから、今までうちを支えてきた会社や従業員の全てを救えなかったからといって、自責の念を覚えているわけではないんだ」

「では、なぜ社長を降りるとおっしゃるのですか?」

いよいよ話が佳境に入ろうかというその時、ドアがノックされると、ウエイターが姿を現し、シェリー酒に満たされたグラスが二人の前に置かれた。

乾杯というのも奇妙な気がして、村雨は目の高さにグラスを掲げ、シェリーを口に含んだ。

話題を転ずるには、程よい間になった。

「一つ訊《き》きたいのだがね。君はこれから先、自動車はどう変わっていくと考えている?」

村雨はグラスをテーブルに戻しながら問うた。

「まず、完全自動運転の実用化は思ったより早く来るでしょうね」

壇は即座にこたえる。「技術が凄《すさ》まじいスピードで進化している時代です。完全自動運転の実用化を目指して大手、ベンチャー入り乱れて開発に鎬《しのぎ》を削っていますし、AIやチャットG

ＰＴのような革命をもたらす新技術が、突然現れないとも限りませんのでね」

「さて、そうなると自動車はどう変わる？」

「自動車というより、社会そのものが大きく変わってしまうでしょうね」

「例えば？」

「雇用というか、ドライバーという職業は間違いなく消滅するでしょうね」

壇は、少し憂えるような表情を浮かべる。

村雨はグラスを持ち上げながら先を促した。

壇は続ける。

「まず、日本で自動運転が認められるとすればトラックから、それも高速道路の走行に限定して認可されるのではないかと思います」

「なるほど、高速道路に限定すれば、対人事故が発生することはまずないからね」

「おそらく、各インターチェンジにカー・プールのような場所が設けられ、そこまでの一般道の走行は人間が行い、高速道路を無人走行した後、目的地直近のカー・プールに到着してからは再び有人走行となるのではないかと考えています。ただ……」

そこで言葉を区切った壇に、

「ただ？」

村雨は先を促した。

「これは、あくまでも過渡期の話です。完全無人運転の安全性が実証されれば、いよいよ一般道も全面解禁。それも全車両で認められるようになるでしょう。実際、我が社もそれを念頭において、システムの開発を進めておりますし、実現へのハードルは、そう高くはありません」

「ハードルが、高くないという根拠は？」

「自動車は地上を走るからです」

壇は当然だといわんばかりに即答する。

「地上を走る？」

「運転を操縦と置き換えれば、航空機のオートパイロットになりますが、実は離着陸ですらシステムに任せられる技術が、とうの昔に確立しているのです。なのに、なぜパイロットが必要なのか……」

「君の話からすると、航空機が空を飛ぶからだね」

村雨は、こたえを先回りした。

「機械やシステムにはトラブルがつきものです。迅速、かつ適切に対処できないと、航空機は乗客もろとも墜落しちゃいますからね。それを防ぐためには、まずは状況把握。訓練を積んだパイロットがいるかいないかでは大違いだからです」

「なるほど。その点、自動車は違うというわけか」

「だって、止めればいいんですから」

「なるほど、確かにそれはいえてるな」

村雨は、頷きながらシェリーを一口啜《すす》った。

「高速道路限定でも、無人運転が許可されれば、運送業界は積極的に導入を図るでしょうね」

「長距離でも休息不要。人件費も大幅に削減できる。自動運転車が増えれば増えるほど、事故は減る。結果、車両の運行効率も上がり、会社の収益アップに直結するってわけか」

「まさに、経営サイドからすれば、いいことずくめなわけですが――」

「職業ドライバーにとっては、死活問題だな」

村雨は、再び壇を先回りした。

「一般道で無人運転が認められれば、トラックどころか、タクシー会社だって、自動運転車を積極的に導入するでしょうからね」

「タクシーの完全無人化ねえ……」

正直なところ、「まさか」と思わないではないのだが、つい今し方の「トラブルがあったら止めればいいんだ」という壇の言葉が脳裏に浮かぶと、否定する根拠が見当たらず、村雨は言葉を濁した。

「システムやセンサーの機能だって向上していくでしょうからね。そうなれば、車両間で事故が発生する確率はほぼゼロです。三百六十度カメラとセンサーを連動させれば、周囲の障害物を事前に察知して接触を防止できますから、人身事故が起こる可能性だって、限りなくゼロに近づくといっても過言ではありません」

「つまり、事故は運行に人間が介在するから起こるのであって、完成度が高まれば、システムに任せた方が安全性が確保されるってわけか」

「こと、自動車に関しては、そういえると思います」

「それが雇用の減少に直結するのは深刻な問題だが、一方で高齢化が進む日本社会には、大変な恩恵をもたらすことになるね」

「おっしゃる通りです」

我が意を得たりとばかりに頷く壇だったが、「ただ、日本が世界に先駆けてとはいかないでしょうけどね……」

皮肉を込めた笑いを浮かべ、肩を竦《すく》めた。

理由は改めて訊ねるまでもない。

日本社会に蔓延《はびこ》る『ゼロリスク信仰』が邪魔をすると壇はいいたいのだ。

「要は確率と効率の問題なんだよな」

村雨はいった。「そもそも、システムや機械に完璧《かんぺき》を求めるのが無理なんだ。特に導入初期の段階では、不測の事態は起こり得るのを前提に、都度改善していけばいいと考えるべきなんだよ。実際、今の段階ですら、自動運転の方が人が運転するよりも、安全性は遥かに高いだろうからね」

「少なくとも、暴走老人はいなくなりますからね」

壇の言葉に、ひとしきり笑い声を上げた村雨は、

「まあ、無人運転を認める国が増えれば、日本も追随せざるを得なくなるだろうが、となると、ユーザーが車を選ぶ基準も変わってくるよね？」

その点に考えはあるのかと真顔で訊ねた。

「もちろんです」

壇は話の内容から、酒を口にする気にはなれないでいるのだろう。最初に口をつけただけで、グラスに手を伸ばす様子はない。

「どう変わると君は考えているのかな?」

「正直申し上げて、今の段階ではありきたりなことしかいえません」

壇は正面から村雨の目を見据える。「特にバッテリーは、今後新技術を用いたものが続々と開発され、その度に性能が向上していくのは間違いありませんから、自社開発にはリスクが伴うことになります。おそらく大半のメーカーはバッテリーの調達を外部の専門メーカーに求めることになるでしょう。モーターや他の部品についても、同じことがいえますから、こと性能面で他社との差別化を図るのは、従来より難しくなるでしょうね」

「安全性も、完全自動運転技術が標準装備になれば、大きなセールスポイントにはならなくなってしまうよな」

「実は、その点が難しいところでありまして……」

壇は、眉《まゆ》を曇らせる。「すでにアメリカの先行メーカーが行っているように、今後EVに搭載されているソフトウエアのアップデートは衛星回線を介して随時行われるのがスタンダードになるでしょう。プログラムのバグの修正や、機能の追加だってできますから、アップデートの都度、車の性能が進化していくことになるわけです」

「今までなら、プログラムを更新しようと思えば、リコール同様、ディーラーに車を持ち込まなければならなかったのが、ユーザーが知らぬうちに更新されるんだ。実に便利じゃないか」

「ユーザーにとってはそうですが、メーカーは二つの問題に直面することになります」

村雨の言葉を遮るように、壇は口を開いた。「一つはアップデートの度に精度が上がる、機能が追加されるということは、車自体が進化していくのと同義です。いい換えればユーザーは、常に最適化された状態で車を使用することになるのです」

壇のいわんとすることに説明は要らぬ。

「常に最適化された状態で利用できるのならば、買い替える必要性は感じなくなるかもしれないといいたいのだね」

「機能にバリエーションを持たせても、ほとんど効果はないでしょう」

村雨の言葉に頷きながら、壇は二つ目の問題を話しはじめる。

「パソコンのソフトウエア、あるいは家電製品でもそうですが、あれもできる、これもできると機能を増やしても、ほとんど使用されないものが大半なんです」

これもまた、壇のいう通りだ。

「確かに、ワードにしても、エクセルにしても、使う機能は限られてるもんなあ……」

「そう考えると、勝負はやはりハードの性能、特にバッテリーになると思うんです。充電時間、走行可能距離、耐久性は、研究開発が進むにつれ、どんどん性能が上がっていくのは間違いありませんのでね。フル充電に一時間かかっていたものが三十分になり、十五分になりと短縮されていけば、買い換える大きな動機になることは間違いありません」

「君はさっき、外部調達では性能差はつけにくいといったね」

「ですから、現在我が社が開発に取り組んでいる新型バッテリーを早期のうちに完成させなければならないのです」

壇は決意の籠《こ》もった声でいうのだったが、その中に忸怩《じくじ》たる思いが滲《にじ》み出ているように感ずるのは、気のせいではあるまい。

果たして壇は続ける。

「リリースに目処がついたとはいえ、ことバッテリーの性能は現状では他社とほぼ同じ。正直申しあげて、優位性はトミタのブランド力にしかないといっても過言ではありません。とにかく――」

「ＥＶ市場で成功を収めるためには、ことバッテリーに関しては、外部調達に頼るのではなく、他社に優《まさ》る性能を持つトミタオリジナルのものを開発し続けなければならないといいたいのだな」

村雨は壇の言葉を先回りした。

「その通りです……」

そこまで聞けば十分だ。

頃合いはよし。

「なあ、壇君。私の後任として社長を引き受けてくれないか」

村雨は、満を持して本題を切り出した。

壇は驚愕《きょうがく》し、目を丸くして絶句する。

そして、滅相もないとばかりに首を振り、泡を食った様子でいう。

「ご冗談を……。私はＥＶ担当とはいえ役員の中では最年少。しかも、一貫して技術畑を歩んできた人間ですよ。社長なんて務まるわけが――」

「じゃあ訊くが、今の役員の中で、君以上にＥＶに通じている人間がいるかね?」

村雨は壇の言葉を遮った。

「そ、それは……」

口籠もる壇に、村雨は続けた。

「たった今、君、いったじゃないか。EV市場で勝敗の鍵を握るのは、やはり車の性能、特にバッテリーの性能だと」

「その程度のことは、他の役員だって十分承知なさっていますよ」

「承知していても、EVに通じているのといないのとでは大違いだ。第一、これまで長年に亘《わた》って積み重ねてきた車造りのノウハウの大半が、通用しなくなるんだぞ？　販売体制だって根本から見直さなければならなくなるんだ。自動車業界に大革命が起きようって時に、過去の経験がどれほど役に立つと思う？」

肯定すれば傲慢《ごうまん》過ぎるとでも思ったのか、テーブルの一点を見詰め沈黙する壇に向かって、村雨はいった。

「EV市場での競争相手は、従来の自動車メーカーだけではない。数多《あまた》のベンチャーや異業種までもが続々と参入しようとしているんだ。それも、若く柔軟な頭脳、最先端技術の知識を持ち、それこそ十年、二十年先の市場や社会を見据えてだ。今の役員の中に、彼らに伍《ご》して戦える人材がいると思うかね？」

「一つ、いい忘れたことがあります」

壇は即答を避け、視線を上げる。「完全自動運転が認可されれば、長距離輸送のトラックからだろうと申し上げましたが、こちらはEVではなく水素が主流になると思います」

「それが？」

「走行可能距離はEVよりも、水素が遥かに勝ります。途中充電が必要なことからも――」

「だから、それがどうした?」

村雨は、再び壇の言葉を遮った。「トラックの製造は系列会社がやっていることで、うちの主力は自家用車だ。水素自動車の開発も行ってはいるが、市場の本流は完全にEVじゃないか」

「その通りなのですが、系列会社とはいえ、社長になればグループ全体の指揮を執らなければならなくなるわけで、やはり私には……」

「荷が重いと?」

壇は再び視線を落とす。

村雨は、再度問うた。

「理由は何だ? 年齢か? それとも技術畑出身で経営に直接関与した経験がないからか?」

壇は、それでも返事をしない。

「出世はしたくない。そこそこの給料を貰《もら》って、地位もそこそこが一番だ」と公言するサラリーマンが少なからずいるのは知っている。しかし、それは大きな間違いだ。

なぜなら、成果を挙げれば、それに相応《ふさわ》しい地位が与えられる。成果を挙げられなければ不要と見なされる。つまり、昇進し続ける以外に生き残る道はない。それが会社であり組織であるからだ。

しかし、社長への任命をふたつ返事で引き受けるようなら、その人間も適任とはいえない。

なぜなら会社を率いていくことへの重責を熟知していれば、必ずやたじろぐはずで、ふたつ返事で引き受けるようなら、己の能力を過信しているか、欲に魅せられた俗人としか思えないからだ。

「君が躊躇《ちゅうちょ》する気持ちは十分に分かる」

村雨は静かに語りかけた。「なんせ、これから我が社が乗り出そうとしているのは、海図もない、天候も皆目見当がつかない、どこにどんな危険が潜んでいるかも分からない、ゴールすらも決まっていない、大海原への旅のようなものだからね」

壇は俯《うつむ》いたまま話に聞き入っている。

村雨は続けた。

「もちろん、君が社長になっても、全責任を負わせるつもりはないよ。私も代表権を持つ会長となって支えていくことを約束する。なんせ、私一人で二つの大仕事を同時にこなすことはできんのでね……」

壇は顔を上げると、怪訝《けげん》そうに問うてきた。

「二つの大仕事?」

「EV市場が成長するにつれ、現行組織の見直しは避けられなくなる。当然、余剰人員が大量に発生することになるが、辞めてもらって終わりにするわけにはいかんからね」

壇のことだ。このタイミングで社長就任を受諾すれば、早晩この問題の解決を迫られることになると気づいているはずだ。

村雨の推測を裏付けるように、壇の顔に安堵《あんど》の表情が浮かぶのが見てとれた。

「おっしゃるように、割り増し退職金程度で辞めることに納得する社員はそういないでしょうからね」

「もちろん、全員を再雇用するのは不可能だが、新たな事業を手がけそこへ転属させるとか、再就職支援を行うとか、そういうことをするとなると組織改変には多大な労力を要する。ＥＶへの大転換期を乗り切るだけでも大変なのに、二つの大事を同時にこなせというのは酷に過ぎるし、過去を清算する仕事でもあるからね」

壇は納得したように頷くのだったが、それでも決断はつかないでいるようだ。

「それともう一つ。これも過去の清算になるんだが、ガソリンエンジン車の最期を看取《みと》りたいと思っているんだ」

村雨が続けていうと、

「看取る？　どういう意味です？」

壇は、小首を傾げる。

「創業以来、一貫して我が社を支えてきたのはガソリンエンジン車だ。数多の技術者、職工諸君の、文字通り血と涙の結晶でもある。先達への感謝と畏敬《いけい》の念を込めて、トミタ史上最高の車を最後に造りたいのだ」

「我が社最後のガソリン車……ですか？」

「そうだ」

村雨は頷いた。「自動車大国日本の一翼を担ったトミタが、最後に手がけるガソリン車にして、モニュメントとなる車をね……」

壇は揺るぎない視線で村雨を捉《とら》えたまま、言葉を発しないでいる。

「過去の清算は私がやる。君には、新しい時代を切り開くことに専念して欲しい」

村雨は声に力を込めた。「今のトミタには、若く優れたリーダーが必要だ。もはや、我々が培ってきた経験も、身につけたノウハウもほとんど役に立たない時代に突入しようとしているんだ。だから、君に社長を引き受けてもらいたいんだよ」

壇は、村雨の視線を捉えたまま沈黙していたが、己の決心を確かめているのだろう。今までとは目の表情が明らかに違う。

果たして、壇はやがて口を開くと、

「分かりました。そこまでおっしゃってくださるのなら、拒むことはできません。謹んでお受けいたします……」

決意の籠もった口調でいい、深く頭を下げた。

「私の意向が耳に入れば、役員の中からいろいろと雑音が聞こえてくるだろうが、そこは任せて欲しい」

「はい……」

頷いた壇は、そこでようやくグラスに手を伸ばし、「ところで、社長。最後のガソリン車。モニュメントに相応しい車とは、どのような？　具体的な構想は出来上がっているのですか？」

と問うてきた。

「エンペラーだ」

「エンペラー？」

エンペラーは、トミタが製造する最高級車の名称だ。

オプション次第で価格は異なるが、標準装備で一千五百万円ほど。政財界の重鎮に使われているとはいえ、販売台数はそう多くはなく、海外に至っては、ほとんど輸出されていない車である。

怪訝そうな表情を浮かべ、理由を訊ねたそうにしている壇を先回りして、村雨はいった。

「まあ、その話は改めて……。難しい話はここまでにしよう。今夜はおおいに呑《の》もうじゃないか」

# 2

人事は組織に身を置く者の最大の関心事といえるだろう。

なにしろ、昇進を重ねるごとに減っていくのがポストである。そして、激烈な昇進レースを勝ち抜いた果てにある、たった一つしかない社長の椅子を争うのだ。

かつては三十人からいたトミタの本社役員も、ＥＶ時代の到来に備え組織の合理化を図ってきたこともあって、現在は十三名にまで減っていた。ここに至るまでの過程は、まさに淘汰《とうた》の繰り返しであったのだが、この生存競争に生き残った役員たちにとっては、さらなるステップアップをものにするチャンス到来だ。

しかも、村雨は六十五歳。上場企業の社長としては若い部類には違いないが、就任して七年。十四車種ものＥＶ開発に目処がついたところで、後任に道を譲るのではないかというのがもっぱらの見立てだ。後任を巡って、水面下で様々な動きがあるのを村雨も承知していた。

「失礼いたします……」

トミタ本社の最上階、社長室の隣にある会長室を村雨が訪ねたのは、壇との会食から二日後のことだった。

「お体の具合はいかがですか？　検査入院と聞いていたものの、予定よりも長くなって心配していたのですが」

「うん、不整脈がちょっと激しくなった気がしてね。歳も歳だし、この際、徹底的に検査した方がいいと医者が言うもので、入院期間が長くなってしまったんだよ。まあ、不整脈は元々あったもんだし、結果的には他にこれといって異常は見つからなかったんだがね」

執務席から立ち上がった氷川重治《ひかわしげはる》は、口元に穏やかな笑みを浮かべながら部屋の中央に置かれた応接セットに歩み寄る。

「それでしたらいいのですが、心臓ですのでね。お気をつけにならないと……」

あうんの呼吸で、二人が同時にソファーに腰を下ろしたところで、

「やはり、この辺りが潮時だね。家内には、今期を最後に会長職を降りると伝えてあったんだが、早く辞められないのかといわれちゃってさ。それも、明日にでも死んでしまうといわんばかりのことをいうもんで、ほとほと参ってんだよ」

氷川は、頭髪を掻《か》き上げながら苦笑いを浮かべる。

「奥様もご心配なんですよ。前に、おっしゃっていたじゃないですか。生涯現役なんてつまんない、仕事を一生懸命やり終えたご褒美の時間も人生には大切なんだと、奥様にいわれたって……」

「家内は、帰国子女の走りだからなあ。アメリカ人の人生観が染みついちゃって、この歳にな

っても抜けきらないでいるんだよな」

苦笑する氷川は七十九歳。会長に就任した七年前まで、社長としてトミタを八年に亘って率いてきた。

今でこそ好々爺然《こうこうやぜん》としているが、社長時代には辣腕《らつわん》を振るい、特に海外市場での販売実績を飛躍的に伸ばしたことで、トミタ中興の祖と称される名経営者だ。

氷川が凡百の経営者と異なる点は、経営能力に優れていたことだけではない。信賞必罰を徹底し、年齢、職歴にかかわらず、実績を上げた者に、しかるべき職責と次のステップに繋《つな》がるチャンスを与えたこと、さらに、先見の明に極めて優れていた点にある。

二〇〇〇年代初頭に、ドイツのゴルフ場でリチウム電池を搭載したカートを目にし、研究所内にＥＶ研究の部署を設けたのは最たる例だ。トミタが名だたる同業他社に先駆けて、十四車種ものＥＶの実用化にいち早く目処をつけることができたのも、氷川の卓越した先見の明のおかげである。

「ところで、例の話だがね。後任者候補は絞り込めたのかね？」

来室の目的は先刻承知とみえて、氷川は問うてきた。

「壇君を指名したいと考えています。本人にも私の意向を伝え、承諾を得ました」

会長職を辞するに当たって氷川は、村雨に後任を引き受けて欲しいといってきた。健康に不安を覚えていることもあったが、トミタ初のＥＶの実用化に目処がついたことだし、ここから先は、市場を中長期的視点で見据えトミタを率いていくことができる人材に経営を任せ、自身はサポートに回った方がいいというのが、その理由である。

同時に「後任の社長は、君が決めるべきだ」といい、自ら推挙する人間の名前を挙げなかったのだが、そこがまた氷川らしいところだ。

というのも、かつて氷川は村雨にこういったことがあったからだ。

「オーナー企業は別だが、サラリーマンが社長になる会社では、社員全員にそのチャンスがある。経営者は業績に全責任を負う。その業績とは各部署にどんな人材を置き、いかに育ててきたか、入社以来自分が行ってきた仕事の結果が数字となって表れたものだ。だから私は、役員、管理職の評価も同じ観点から見る。目先の数字の達成のみならず、どんな部下を育てたかを見れば、管理職としての能力、資質の程度はおのずと分かる」と。

「なるほど、壇君か……」

氷川は、うんうんと頷く。

「五十八歳。取締役の中では最年少ですが、市場が完全にEVになろうとしている時代を目前にして、我が社を率いていける人間は、彼をおいて他にいないと考えまして……」

「最年少役員をトップに据えるとなると、いろいろいうやつが湧いて出てくるだろうが、そんなのは放っておけばいい。役員会で候補として認められれば、株主総会で揉めることはないだろうし、就任してしまえば、雑音も聞こえなくなるさ」

「私の時もそうだったのでしょう?」

村雨が何気なしに問うと、

「ん?」

氷川は、片眉を上げる。

「いや、私だって社長に就任したのが五十八歳。当時の役員の中では最年少でしたからね。まして、これほどEVの時代が来るとは誰も考えてもいなかった頃のことです。他の役員の方々からは、さぞや反対意見が続出したのではないかと思いまして……」

村雨は、長年訊くに訊けないでいた疑念を口にした。

「そりゃああったさ。反対もあったし、反発もね……」

氷川は苦笑する。「だがね、君に社長をやってくれないかと打診した時にもいったけど、後任は技術に通じた人間でなければならない、という確信が私にはあったんだ。あの頃は、次世代の自動車は、EVか水素になるといわれていたが、私はEVと確信していたのでね」

「会長の先見の明には、本当に感服したものです。ただでさえ、メーカーがガソリン車の燃費向上に鎬を削っているのに、今度はHV（ハイブリッド車）だ、PHV（プラグイン・ハイブリッド車）だ。これじゃあガソリンスタンドの経営が持つわけがないとおっしゃった時には、まさに目から鱗《うろこ》でした」

村雨の言に、氷川は含み笑いを浮かべると、

「水素はインフラ整備にカネがかかり過ぎる。その点、電気は全く違う。日本全国津々浦々、いや、世界中どこへ行っても、ほぼ百パーセント送電網は整備されているんだ。水素か電気かなんて議論をする前に、勝負はとっくについていたのさ」

当時を懐かしむように、遠い視線で宙を見る。

しかし、それも一瞬のことで、氷川は村雨に視線を戻すと話を続ける。

「それに、我が社は販売網、販売力共に、問題を抱えていなかったからね。ブランド力はある

し、車の品質にもユーザーの絶大な支持を得ていたから、何もマーケティングや営業畑の人間をトップにしなければならない理由はなかったのさ」

「ことトミタにおいては、ビジネスの成否を分けるのは、営業力以上に技術と品質だとおっしゃるわけですね」

「その考えは、今に至っても些《いささ》かも揺るがないがね」

「その点からも、やはり壇君だと考えたのです」

氷川は、再びうんうんと頷くと、

「これで、私も肩の荷が軽くなったな。公表はまだ先だが、どうだね、前祝いといこうじゃないか。君、今夜は空いているのか？」

上機嫌で訊ねてきた。

「空いておりますが、その前に一つお考えを伺いたいことがございまして……」

村雨はソファーの上で、姿勢を正した。

「考えを訊きたい？　君が、そんなことをいうのは珍しいね。どんなことだ？」

「実は新型車の開発を、ガソリンエンジン車で行いたいと考えておりまして……」

「新型車の開発をガソリンエンジン車で？　いまさらかね？」

氷川は、怪訝な表情を浮かべ問い返してくる。

「我が社が手がける最後のガソリン車。ガソリン車のモニュメントとなる車を開発したいのです」

氷川は村雨に鋭い視線を向けたまま、先を促すように沈黙する。

村雨は続けた。

「かつて我が社には、Ｆ１に参戦していた時代がありました」

「うん……」

氷川は感慨深げに視線を落とし、静かに頷いた。

「前会長が社長の時代に計画し、会長が社長に就任されると同時に参入したのでしたが、撤退の断を下したのは私です」

「その判断は間違っていなかったと思うが？」

氷川は視線を上げ、村雨に真摯《しんし》な眼差しを向けてきた。「十分満足がいく戦績を残したし、ブランドイメージも上がった。ただ、費用対効果という点では、以前から首を傾げる向きもあったからね」

「私が撤退を決断した理由は、まさにそこにありました」

村雨はいった。「我が社の主力製品は自家用車です。Ｆ１での戦績が、本業の販売促進に繋がっているといえるほどのデータはありませんでしたし、とにかくカネがかかってしょうがなくて……」

「実際、今だってそうだ。欧州メーカーの何社かが参戦を続けているものの、本業の業績に貢献しているとは、とてもいえたものではないからね。もちろん、モーターレースのサポートが自動車会社の使命の一つなのは、否定しないがね」

「経営者としては正しい決断であったとは思っています。ただ、技術畑の人間としては、断腸の思いの決断でもあったのです」

当時の心情を氷川に打ち明けるのは初めてだ。

社長に就任したからには社業第一。業績を維持するだけでは許されない。持てる資金、人的資源、技術力をフルに活用し、常に増収増益、真の意味で会社を成長させ続ける義務がある。

しかし、技術畑の人間には、F1はあまりにも魅力的過ぎる世界だ。

最高の技術、最高の素材、最先端のテクノロジーを使ってマシンを造る。

しかも、開発コストはほぼ度外視ときているのだから、技術者魂を揺さぶられて当然だ。

実際、開発チームに所属するエンジニアたちの熱意、情熱の高さには異常といえるほどのものがあって、文字通り寝食を忘れ、エンジン、車体の開発に取り組んでいたものだった。

「レースからの撤退は決めたが、君はエンジンの供給は続けようとしたじゃないか」

氷川はいう。「うちのエンジンを欲しがっているワークスは、幾つかあったし、やれるだけの体制は整っていたからね」

「戸倉《とくら》さんが、F1には二度と関与したくないと頑として首を縦に振らないんですから、しかたありませんよ」

戸倉謙太郎《けんたろう》は、トミタのスポーツカーに搭載するエンジン開発に長く携わってきたエンジニアだ。トミタがF1参戦を決めてからは、F1エンジンの開発をチーフエンジニアとして指揮してきたのだったが、撤退が決まったシーズンを最後に会社を去ったのだった。

「あの事故が、よほど応《こた》えたんだろうねえ……」

あの事故とは、トミタが撤退を表明した直後に起きた、日本人ドライバー佐村良樹の死亡事故のことである。

「それもあるでしょうが、チーフマネージャーの松浦さんが、あのシーズンを最後に会社を辞めたことも大きかったんじゃないですかね……」

Ｆ１のチームを構成するメンバーの国籍は多岐に亘り、トミタもその点は同じであったが、日本人は全員トミタの出向社員だ。

シーズンは三月から十一月。その間、世界各国で二十三ものレースが開催され、本戦前の三日間、三度に亘って行われる予選の結果で本戦のスタート時の順位が決定する。いきおいレース間のインターバルは極めて短く、撤収、移動、次の開催地での準備、マシンの整備等々、時間はいくらあっても足りるものではない。

氷川はいう。

「二人は十一年、毎年八ヶ月もの間日本を離れ、文字通り寝食を共にしたんだ。そりゃあ家族以上の存在になるよな……」

「佐村君だってそうですよ。彼がドライバーをやっていた六年間、ずっと一緒に戦ったんですましてね、二人からすれば、佐村君は息子みたいな年齢でしたし……」

「確かに、葬儀の時の二人の姿は、見ていられなかったものなあ……」

日本を代表するトップレーサーの死ということもあって、佐村の葬儀は東京で盛大に行われた。

会場にはトミタ関係者をはじめ、数多くの著名人が参列し、外には別れを惜しむファンの長い列ができた。

そんな中にあっても、二人が悲しみに暮れる様は一際目立ち、溢《あふ》れ出る涙を拭《ぬぐ》おうともせず、ただただ肩を震わせるばかりだった。

「本当は、二人とも続けたかったんだと思います。技術者に限らず、志半ばで仕事を中断せざるを得ないのは、何よりも辛《つら》いことですから……」

「そうはいうがね。サラリーマンである以上、会社の方針で仕事が変わる、中断せざるを得ない事態は、まま起こることで——」

「それを承知していても辛いものは辛いんですよ」

村雨は氷川の言葉が終わらぬうちにいった。「うちが撤退しても、F1はまだまだ続く。十一年の間には、他のチームからの誘いもあったと聞き及びます。なのに、なぜ応じなかったか……」

大金が動くのがF1の世界だ。特にトップドライバーの収入は群を抜いており、年収は七十億円を優に超える。そこまで高額ではないにせよ、優秀なチーフマネージャーやエンジニアを引き抜くに当たっては、現状を遥かに上回る好条件が提示される。

「トミタへの愛着もあったでしょうが、やはり佐村君と三人四脚で、頂点に立つのが夢だったんじゃないかと思うんです」

「つまり、佐村君亡き後のF1で勝利しても意味はないと？」

「そして、トミタのマシンでなければと……」

「それは、君の推測だろ？」

頷いた村雨に、

「だろうな……」

氷川は眉を上げ、足を組み替えると続けた。

「二人の心情は知る由もないが……、でもね、冷酷に聞こえるだろうが、本来余人を以《もっ》て代えがたい人材なんて、この世には存在しないんだ。特別な情が芽生えていたにしても、あくまで仕事であることに違いはないのだしね」

「会長がおっしゃる通りかもしれません。でも、そうでなければ二人が、ほぼ同時に会社を辞めた理由に説明がつかないのです」

「ちょっと待ってくれ」

氷川は突然、村雨を制すると、ふと気がついたように問うてきた。「新車を造りたい、から始まった話に、なぜ二人の名前が出てくるんだ？」

「松浦さんと戸倉さんに、開発をお願いしたいと考えておりまして……」

「あの二人に？」

氷川は、口をあんぐりと開いて目を丸くする。

「世界最高峰のＦ１レースで、並み居るライバルと覇権を争えるマシンを造ったお二人に、我が社が手がける最後のガソリンエンジン車を造ってもらおうと……」

「ちょ、ちょっと待ってくれ。二人とも、会社を辞めた人間だぞ。社内には、まだまだ人材がいるのに、何でまた――」

「理由は二つあります」

村雨は氷川の言葉を遮った。「一つは、我が社の新車開発が、完全にＥＶに向いていること。もう一つは、松浦さんのマネージメント能力と戸倉さんの卓越した技術力が必要不可欠だからです」

「もちろん、二人の能力は認めるよ――」

話を続けようとする氷川を再び制して村雨はいった。

「実は、エンジン開発部門のモチベーションが相当に低下しておりまして……。そりゃそうですよ。もう新型エンジンを開発する必要はないんですから。実際、既に予算は事実上ゼロですし――」

事実なだけに、反論の余地などあろうはずがない。

言葉に窮した氷川に向かって、村雨は続けた。

「すでに、会社を去った技術者も、少なからず出ております。それも優秀な社員からです」

「まあ、会社が危ない、仕事がなくなると察すれば、転職に走る社員が続出するのはどんな会社にも見られる現象だし、欲しい人材は、どこの会社だって同じだからね。それもトミタの技術者となれば、引く手数多ではあるだろうな」

「しかも、退職者は若年層から中間管理職者に集中していて、退職年齢に近い社歴の長い社員には、比較的動きがないのです」

「そりゃあ、どこだって将来性のある若い世代や脂の乗った中堅世代の技術者を欲しいからだろ」

「それもあるでしょうが、残ると決めた社員は、早期退職制度の公募があると踏んでいるんでしょうね」

「なるほど。今後製造するのはＥＶのみとなれば、ガソリンエンジン開発部門の社員は余剰人員となる。他部門で吸収できる人数には限りがあるから、早晩、優遇制度が公表されると睨《にら》んでいるわけだ」

行動に移すかどうかは別として、機を見るに敏でなければ生き残れないのがサラリーマンだ。所属部門が不要と見なされれば、リストラが当たり前になった今の時代、会社がどんな策を講じてくるか、容易に推測がつく。

実際、しかるべきタイミングで早期退職者を募集する方針は、既に決定していて、人事部がパッケージの内容を検討している最中である。

「そんな状況下で、トミタの最後となるガソリン自動車、それも、ガソリン自動車のモニュメントとなる車を造りたいと申し上げているのです。社内の人材に拘《こだわ》らず、最高のリーダー、最高の技術者を以て開発に挑みたいと考えるのは、当然だと思いますが？」

「だから、あの二人というわけか……」

「ガソリン自動車のモニュメントというのは、トミタの……ではないのです。自動車業界全体のモニュメント、後世に残る最高の車でなければならないのです」

氷川は目を閉じ、腕組みをして考え込む。

村雨は、ここぞとばかりに押した。

「自動車大国として世界の市場を席巻《せっけん》した日本車の、モニュメントとなる車を造りたいのです」

短い沈黙があった。

やがて、氷川はかっと目を見開き、

「この件は、すでに二人に話してあるのかね？」

と問うてきた。

「いいえ、まだです……。こんな話を持ち出せば、今の時代にそんなものを造って何になると、役員会で反対意見が噴出するのは目に見えていますのでね。それでまずは、会長にご相談申し上げてからと……」

「外堀を埋めておこうというわけか？」

「外堀というより、本丸の威光に縋《すが》ろうかと……」

村雨は正直にいった。「ただでさえ、壇君を次期社長に据えようとしているのです。そりゃあ、どんな提案でも、私が出せば反対されるでしょうから……」

「まあ、そうだろうな」

ひとしきり苦笑した氷川は、「じゃあ、二人が引き受けなかったら？」

重ねて問うてきた。

「おそらく、いや、必ず引き受けますね」

「いやに自信満々だな。その根拠は？」

「ガソリンエンジン車の時代が終わるからです」

村雨は断じた。

「どういうことかね？」

「正直申し上げて、ＥＶは従来の自動車と違い、性能面で大きな差を出すのが難しい代物です。そりゃそうですよ。極端な話、バッテリーにせよ、モーターにせよ、外部から優れたパーツを調達して、組み合わせればできてしまうんですから」

「バッテリーの性能が勝敗を分ける鍵だと考えて、自社開発に取り組んでいるのが我が社じゃないのかね？」

氷川が、珍しく不愉快げにいう。

「もちろん、私も我が社の研究者、技術者の能力を信じています。しかし、高性能バッテリーの開発に必死なのは、うちだけではありません。同業他社はもちろん、他業種の企業も、この未開にして巨大な市場に参入せんと血眼になっているのです」

紛れもない事実だけに、言葉を発せないでいる氷川に向かって、村雨は続けた。

「それはなぜか。高性能バッテリーの開発に成功すれば、市場はＥＶだけではありません。バッテリーを使うあらゆる製品に応用が効く可能性が出てくるからです」

「だから、我が社も――」

「おっしゃるとおりです」

しかし、いいたいのはそこではない。「そんな熾烈《しれつ》な争いの場に、これまでガソリンエンジンの開発にしか取り組んできたことのない技術者が携われる余地はありますか？　自動車産業に従事してきたエンジニアの多くは、二度と車造りに携わることができなくなってしまうんです」

「その点は、君のいうとおりだね……」

氷川とて、入社以来、自動車はガソリンエンジンを搭載するのが当たり前の時代と共に生きてきたのだ。さすがに思うところがあるらしく、低い声で漏らす。

「そして、ＥＶ時代における最大の懸念は、開発競争はスタートしたばかりで、我が社が新型バッテリーの開発に成功したとしても、優位性をどれほど保てるか皆目見当がつかない点にあります」

村雨は続けた。

「これは我が社に限ったことではないのですが、多額の研究開発費を投じてようやく完成に漕《こ》ぎ着けても、コストの回収すらできないうちに優位性を失ってしまうリスクが常に付き纏《まと》います。さて、そうなると、どういうことが起きるか……」

「自社開発はせず、その時点で最も優れたバッテリーを供給する外部メーカーから調達を図る企業が増えるだろうね」

「その通りです」

村雨は、顔の前に人差し指を立てた。「バッテリーだけではありません。先に申し上げた通り、モーター、その他の部品も、全て外部から調達できる。そこが、従来の自動車産業と決定的に異なる点です。さらにいえば、工場すら自社で持つ必要がなくなる可能性も極めて高いと、私は考えているのです」

「工場すらも持たずに済む？」

これには氷川も驚いたと見えて、眉間《みけん》に皺《しわ》を刻みながら問い返してきた。

「パソコンやスマホのように、製造のみを請け負う企業が間違いなく出てくるでしょうからね」

氷川は「あっ」というように口を小さく開くと、

「そうか……確かに、台湾《たいわん》の鴻海《ホンハイ》のような企業に製造を委託すれば、スペックを渡すだけで、

ＥＶ市場に参入できるか……」

氷川の顔に、緊張の色が宿り、声も硬くなったように感ずるのは気のせいではあるまい。

「つまり、ことＥＶ市場に関しては、ベンチャーや異業種が参入する障壁は、従来の自動車産業に比べて遥かに低い。もちろん資本力で優る大企業が優位ではありますが、ＩＴ産業がそうであったように、新興勢力が台頭し、市場を席巻することも十分にあり得るのです」

氷川は腕組みをし、天井を仰ぎながら、低い唸《うな》り声を上げる。

「新しい時代の到来とはいえ、技術や製造形態もそこまで激変してしまうとなると、やはり複雑な思いを抱いてしまうね……」

「松浦さんも、戸倉さんも、同じ思いを抱かれるでしょうね」

村雨はいった。「第一、最高峰の舞台で、最高のパフォーマンスを発揮したマシンを造ったあの二人が、車造りに対する情熱を失ったとは思えませんよ。ガソリン自動車の、いや車造りのあり方が、根本から変わろうとしている今、Ｆ１であろうと、大衆車であろうと、このトミタでもう一度新型車の製造に携わってみたいという思いを抱いているに違いないと、私は確信しているのです」

「二人が引き受けると考える根拠は分かった。最後のガソリン車に対する君の思いも分からんではない。しかし、ビジネスは趣味でやるもんじゃない。ビジネスに求められるのは結果、つまりどれだけの利益を上げられるかだ。市場性のない車を造るわけにはいかんよ」

経営に携わる者として、当然の見解である。

「では、売れる車を造るといえば、賛成していただけますか？」

村雨は、即座に返した。

「なに？」

「売れる車を造ってご覧にいれる、と申し上げれば賛成していただけるのでしょうか」

村雨は、再度いった。

「これからはEVの時代だ、ガソリンエンジン車の時代は終焉を迎えつつあるといっておきながら、どんな車を造ろうってんだ？」

「エンペラーです」

村雨は断言した。

「おいおい、冗談いうなよ。いったいどうしたんだ。君らしくないな」

氷川は理解できないとばかりに眉を顰《ひそ》め、小首を捻《ひね》る。「エンペラーだと？　国内でこそ政財界のご重鎮が愛用なさってくれてはいるが、海外での販売実績はほとんどない車じゃないか。そんなものがどれほど売れるというんだね？」

口が滑ったのだろうが、氷川はついに自社の最高級車を「そんなもの」呼ばわりする。

「販売台数が多く見込めないからこそ、エンペラーなのです」

ますます分からないとばかりに、氷川の眉間に浮かぶ皺が一層深くなる。

村雨は構わず続けた。

「購入する価値を、どこに見いだすかは人それぞれです。特に高級車はそうです。見栄《みえ》を張るため、優越感に浸るため、そしてコレクターズアイテムとしてと多岐に亘ります。クラシックカーのような、エコとは程遠い車の愛好者が少なからず存在するのはその表れです」

「すると、なにかかね。我が社が最後に製造するエンペラーをコレクターズアイテムにする。つまり、希少価値を持たせるために、高額な値をつけて販売しようってのかね？」

「希少価値を持たせるのが目的ではありません。トミタが製造する最後のガソリンエンジンに相応しい超高級車にした結果の価格です。もちろん、全ての点において、価格応分のクオリティに仕上げるのが大前提にはなりますがね……」

「幾らで売るつもりか分からんが、そんなものに大金を出す物好きが、どれほどいるかね」

「物好きがいるからこそ、数千万円もするスポーツカーが売れるんじゃありませんか」

「しかし、だね――」

さらに疑念を呈そうとする氷川を制して、村雨はいった。

「とにかくコンセプトを纏めにかかりますので、それをご覧に入れた上で、改めてご相談にあがります。考え通りに行くか行かないか。松浦さんと戸倉さんの両名が、関心を示すかどうかも含めて、検証しなければならないことが山ほどありますので」

## 3

十年一昔とはいうものの、それ以上の時が経っても、東北《とうほく》沿岸部を襲った大津波の痕跡《こんせき》は色濃く残っている。

年月を感じさせない防波堤のコンクリートの質感や、海沿いの斜面に放置されたままになっている倒木しかりだが、一面雑草が生い茂る広大な平地は、かつてそこで多くの人たちが暮らしていた証《あか》しであり、同じ場所で暮らすことを諦《あきら》めた住人の多さを物語っていた。

それでも、この地に生きる人々は日常を取り戻しつつあるようだ。

テーブルの上に並ぶ岩牡蠣《いわがき》、酢の物のホヤ、脂が乗ったカツオ、素材はいずれも近隣の漁港で水揚げされたもので、鮮度の良さ、質の高さは一目瞭然《りょうぜん》だ。この豊かな三陸《さんりく》の海の幸は、復興が確実に進んでいることの証左といえよう。

「いや、驚きました。ご実家に帰られたとは存じておりましたが、まさか漁師になられたとは思いもしませんでした」

再会の挨拶《あいさつ》もそこそこに、正面の席に座る松浦に向かって村雨はいった。

所は、岩手県中部の沿岸、清浜町《きよはまちょう》にある居酒屋である。

松浦が、故郷のこの町に住まいを移したことは、退社直後に受け取った挨拶状で知らされていた。

F1に参戦中の期間は出張扱い。日当に手当もついたし、ボーナスには貢献度が反映される。世界中の注目を浴びるF1の世界で、華々しい成果を挙げ続けたのだから、サラリーマンとはいえ、報酬は一般社員の比ではない。

だから、てっきり悠々自適の生活を送っているのかと思っていたのだが、なんと松浦は漁師を生業《なりわい》にしているというのだ。

「F1は華やかな世界ですから、ギャップが大き過ぎるように思われるでしょうが、私にすれば自然な成り行きなんです。家は代々、この地で漁師をやってきましたのでね。引退後は故郷に戻ると決めておりましたし、ここで私がやれることといったら、魚を捕ることぐらいのものですので……」

穏やかな笑みを湛《たた》えながらこたえる松浦だったが、乾杯のビールが入ったグラスをテーブルの上に置くと、

「電話で伺った件、社長自ら遠方まで足を運んでいただいて、誠に申しわけないのですが、お断りさせていただきます」

一転真顔になって、村雨の目を見詰める。

視線の強さに意志の固さが見て取れたが、それでも村雨は問うた。

「理由をお訊ねしてもよろしいでしょうか」

「今の生活が気に入っているんです」

松浦は、口元に笑みを浮かべる。「F1をやらせていただいていた頃は、マシンのエンジン音を聞くと血が煮えたぎるような興奮と闘志が湧いてきて、生涯この世界に身を置きたいと心の底から願ったものですが、歳のせいなんですかねえ。この静かな環境が何とも心地よくて……」

「トミタが造る最後のガソリンエンジン車と聞いても、手がけてみたいとは思われませんか?」

「そりゃあ、やりたいという気持ちがないといえば嘘になるかもしれません」

「ならば、なぜ?」

松浦はすぐにはこたえを返さなかった。

しばし、表面に汗が浮きはじめたグラスを見詰めると、

「もう好きなことばかりしているわけにはいきませんので……」

ぽつりと漏らした。

「とおっしゃいますと？」

「家内ですよ……」

松浦は短く漏らすと、続けていった。

「Ｆ１の世界で十一年。その間、一年のうち八ヶ月は世界中を転々とする生活を送りましたのでね。オフの四ヶ月間は次のシーズンに向けて、マシン、エンジンの開発チームや、タイヤやガソリンメーカーとの打ち合わせに忙殺されたんです。家内も田舎の出でしてね。都会暮らしは性に合わないといいながらも、子供たちの学校が終わるまではと我慢して、ようやく念願の田舎暮らしをできるようになったんです。さすがに、ここでまた一人暮らしをさせるわけには……」

そういわれてしまうと、説得する言葉が思いつかない。

黙った村雨に向かって、

「それに、漁師だって一人前になるには、結構な年月がかかりますのでね」

重苦しい雰囲気を和らげようとしているのだろう、松浦は戯《おど》けた口調でいう。「魚が捕れるようになるには、十年かかるといわれるのが漁師の世界です。まあ、今は魚探とかの機械も進化していますから、昔ほどではないにせよ、それでも覚えなければならないことはたくさんあるんですよ。それに、年齢、体力の問題もありますしね……。漁師になってまだ四年。まだまだ半人前なのに、これから新型車の開発に取り掛かるとなると、どれほど時間がかかるか……」

「でも、やりたい気持ちはおありになるわけですよね」

それでも食い下がる村雨に、

「造りたい気持ちがあるのと、造りたい車があるのとは全く違います」

松浦はきっぱりと断じた。「心が揺らいだのは事実です。家内も、もう一度やらせてくれといえば、駄目だとはいわんでしょう。だから、電話を頂戴した時に、考えさせて欲しいと申し上げたのです」

松浦は、グラスを持ち上げ、ビールを一口飲むと話を続ける。

「エンペラーをトミタ最後のガソリン車として開発するのなら、どんな車が相応しいのか。私なりにいろいろ考えてはみたのですが、さっぱりイメージが湧かないのです」

「チームで考えればいいじゃないですか。正直に申し上げて、私が松浦さんに期待しているのは、開発チームを率いていくマネージメント能力にあるんです。実際、Ｆ１時代は、あのタイトなスケジュールの中で――」

「でしたら、なおさら私は不適格ですよ」

松浦は村雨の言葉の途中で返してきた。「新型車のプロジェクトリーダーにまず求められるのは、どんな車を造るのか、明確なコンセプトを持っていることです。正直申し上げて、私はこれまでただの一度もエンペラーに興味を抱いたことはありませんし、そもそも興味を持てるような車ではないのです」

「ですから、私が松浦さんにお願いしたいのは、プロジェクト全体のマネージメント――」

再度理由を口にした村雨を、

「社長……」

松浦の押し殺した声が遮った。「マネージメント能力とおっしゃいますが、私がF1の世界で多少なりとも結果を残せたのは、勝つという明確な目的があったからです。勝ち続けるための最強のマシン、そしてチームを造るという夢があったからなんです」

その語気の強さに思わず黙ってしまった村雨に、松浦は続ける。

「確かに、アイデアを出し合い、コンセプトを纏めるのは一つの手法ではあるでしょう。でもね、各メンバーが出してくるアイデアの善し悪しを判断するのはリーダーなんです。夢を持たない、関心すら持てない人間がリーダーになって、まともな車が造れると思いますか？　しかもトミタが造る最後のガソリン車をですよ？」

おそらく、松浦はこう続けたかったに違いない。

「考えが、安易に過ぎる。余りにも無責任だ」と……。

F1マシンとエンペラーは、自動車には違いなくとも全くの別物だ。しかし、トミタが造る最後のガソリン車と聞けば、車造りに賭ける松浦の情熱が再び掻き立てられるのではないかと期待していたのだが、どうやらとんだ思い違いをしていたようだ。

忸怩たる思いに駆られ、肩を落とした村雨に向かって、松浦はさらに続ける。

「それに、トミタ最後のガソリン車を私に造らせるというのが、そもそも間違っていると思うんです」

「というと？」

「だって、私はトミタを辞めた人間ですよ。トミタ最後のガソリン車とおっしゃるのなら、それこそ開発部門の現役社員の総力を挙げて取り組むのが筋ってもんじゃないですか」

これも全くその通りなのだが、その辺の事情は説明せねばなるまい。

「それは、エンペラーの開発を任せられる人材が、社内にいないからなんです」

怪訝な顔をして小首を傾げる松浦に向かって、村雨は続けた。

「ガソリン車の将来に見切りをつけたエンジニアの退職が相次いでいることに加えて、エンペラーはモデルチェンジが極めて少ない車種です。前回フルモデルチェンジをしてから十年も経っていることもあって、チームを結成するのが困難で……」

「エンジニアが？　トミタから離れていっているんですか？」

松浦が驚くのも無理はない。

トミタのエンジニアといえば、自動車業界では超一流の技術を持つと、自他共に認める存在であるからだ。

「普通車はＥＶ、トラックのような大型車は水素という時代が、もうそこまで来てるんです。内燃機関の開発に従事していた技術者の仕事が、自動車業界からなくなってしまうのは、もはや時間の問題なんです。先を読む力のある人間、それも買い手がつく優秀な人材から退職が相次いでおりまして……」

そこで、村雨は松浦に改めて視線を向けると、

「だから、お辞めになったとはいえ、トミタに縁のある松浦さんに、プロジェクトの指揮をと考えた訳でして」

静かな声で告げた。

「なるほど……そんな理由があったんですか……」

納得した様子で頷いた松浦は、「では、プロジェクトチームとおっしゃるからには、メンバーについてもお考えがあるわけですね？」

と問うてきた。

「メカの担当は戸倉さんにお願いしようかと……」

「なるほど、戸倉さんですか……」

松浦は頷く。「彼は超一流のエンジニアですからね。十分期待に添える結果を出せるでしょう。それに、退社した今でもトミタの仕事に関わってもおりますし……」

「戸倉さんは、ご実家の家業を手伝っておられるのでしたね」

戸倉の実家は川崎《かわさき》の工業地帯で『戸倉金属加工』という中小企業を経営している。電車の車輪に用いられる車軸やダンパー、自動車の歯車などが主な製造品目で、孫請けだがトミタの部品製造を請け負ってもいる。

会社は長兄と次兄が継いだこともあって、三男坊である戸倉は好きな道に進むことが許されたのだそうだが、エンジニアとしての彼の有能さは、まさに父親譲りといえるものかもしれない。

というのも、創業者の父親が金属加工の名人と称される腕前の持ち主であったからだ。その精度たるや、旋盤で回る電車の車軸を手作業で、つまり目視と勘、そして指先の感覚を頼りに削るにもかかわらず、誤差は実に千分の一ミリ以内というから、まさに神業である。高齢となっても、その腕は衰えることなく、車軸やダンパーの仕上げは、今も父親が担当していると聞く。

「戸倉さんの親父さんには、Ｆ１のエンジン部品の製作で、散々お世話になりましたからねえ。トミタのマシンが、海外メーカーに伍して戦うことができたのも、親父さんの存在があればこそのことだったんです」

「その点も存じておりましたので、新型エンペラーの開発は是非お二人でと考えていたのですが……」

「私はお引き受けできませんが、ご相談してみたらいかがです？　Ｆ１には二度と関わりたくはないでしょうが、エンペラーのメカをといえば、受けるかもしれませんよ」

「ということは、戸倉さんが会社をお辞めになったのは、やはりあの佐村君の事故が？」

佐村の名前が出た途端、松浦の表情が一変した。

無念、悲しみ、やるせなさ……受け入れ難い現実を突きつけられた時のあらゆる感情が、松浦の表情に滲み出る。

「ヨシとは彼がデビューして以来六年間、ずっと一緒でしたからね。オフの間だって、次のシーズンに向けて、新エンジンや車体のテストに立ち会うために、頻繁に技術開発センターに足を運んできましたので……。あれほど真剣、かつ熱心にレースに取り組む姿勢を目の当たりにしていれば、そりゃあ愛《いと》おしくもなりますよ。私にとっても、戸倉さんにとっても、ヨシは我が子同然の存在でしたので……」

思った通りだ。二人がトミタを去ったのは、佐村の事故死が理由であったのだ。

彼への思いは、十分過ぎるほど理解できるだけに、村雨も何といっていいのか言葉に詰まった。

暫《しば》しの沈黙が流れた。

その間に、村雨は松浦に代わるプロジェクトリーダーのことを考えていた。社内には、新型車の開発をリーダーとして手がけた人間がいないではないが、ガソリン車のモニュメントとなる車を造ろうというのだ。月並みな高級車では物足りない。トミタの技術の粋を結集した車でなければならないことを考えると、松浦に断られてしまった今、これぞといった名前が浮かばない。

そこで村雨は、再度問うた。

「松浦さん、未練がましいようですが、戸倉さんがお引き受け下さっても駄目ですか?」

「申し訳ありませんが……」

松浦は間髪を容《い》れずこたえる。「社長にこんなことを申し上げるのは、釈迦《しやか》に説法というものですが、うまくいく仕事って、拍子抜けするほどすんなりいく。逆に、ああでもないこうでもないとやってる仕事は、まず失敗するものだと思うんです」

「おっしゃる通りかもしれませんね」

「それは、なぜだと思います?」

不意に問うてきた松浦だったが、村雨がこたえるより先に話を続けた。

「うまくいく時は、実際に仕事に取り掛かった時には、既にゴールが明確になっているからです。つまり、今回の場合なら、新型エンペラーの姿が見えていなければならないんです」

松浦の見解に異議はない。

「おっしゃる通りですな」

「先に申し上げましたが、散々考えても新型エンペラーをどんな車にしたいのか、私の中にイメージがちっとも湧いてこないんです。こんなのがリーダーをやったら、ああでもない、こうでもないとなるに決まってますよ」

「そうですか……」

溜息《ためいき》が出た。肩が落ちた。

村雨のそんな様子を、複雑な表情で見る松浦だったが、

「そうだ……」

ふと思いついたように短く呟く。「彼女なら、やれるかもしれませんよ」

「彼女？」

思わず返した村雨に、

「ガルバルディをご存じですよね」

高揚しているのか、松浦は早口でいう。

「もちろん。イタリアの超高級自動車メーカーですよね」

メーカーには違いないが、ガルバルディは製造工程のほとんどが手作業ということもあって生産台数が極めて少なく、日本では走行している姿を見ることはまずない、謂《い》わば幻の車である。勢い価格も極めて高額で、最低でも一台八千万円以上で取り引きされていると聞く。エンペラーの実に五倍以上である。

「ガルバルディで働いている日本人女性がおりましてね」

「そんな人がいるんですか？」

女性の社会進出が目覚ましいとはいえ、ガルバルディのような自動車メーカーで働く日本人女性は珍しい。マスコミの格好の取材対象になっても不思議ではないのに、そんな話ははじめて聞く。

「彼女は工業デザイナーの修業のためにイタリアに渡ったんですが、才能が認められてガルバルディに職を得ましてね。あそこはガレージメーカーそのもののような会社ですから、デザインを考えるにしても、自動車造りの工程全般を学ばないと仕事にならないといっていたことがあったんです」

「松浦さん、その方と親しいんですか。どこでお会いになったんですか？」

矢継ぎ早に訊ねる村雨に、松浦は少し戸惑った表情を浮かべると、

「最初に会ったのはモンツァでしたね……」

なぜか感慨深げにいう。

「モンツァというと、イタリアの？」

モンツァは毎年F1のイタリアグランプリが開催されるサーキットだ。

レース会場では、ファンと交流する機会もないわけではないし、海外ともなれば日本人は否《いや》が応でも目についてしまう。おそらくは、そんな経緯で知り合ったのだろうと思ったのだったが、松浦の口を衝《つ》いて出た次の言葉を聞いて、村雨は心底驚いた。

「実は、彼女、ヨシと交際していたんです」

「えっ！　佐村君の交際相手だったんですか？」

「今だからいいますけど、ヨシはガルバルディの熱狂的なファンでしてね。引退後はモナコに

住んで、ガルバルディを乗り回すのが夢だったんです。それで、オフの間に短い休みを取ってガルバルディを訪ねたりしてたんですが、そこで彼女と出会いましてね」

「すると、彼女の存在が知られていなかったのは、佐村君との交際が注目されるのを避けていたためですか？」

「それもありますが、彼女、妙に古風なところがありましてね」

「古風といいますと？」

「女性だから、海外で働く日本人だからといって注目されるのは心外だし、まだまだ修業の身だ。一人前になっていないのに、表に出るのは恥ずかしいといいましてね」

年齢は分からぬものの、松浦の言葉を聞く限りでは、確たる信念を持つ、地に足がついた生き方をしている女性のようだ。

「事故の後で知ったんですが、トミタがＦ１を撤退した次のシーズンから、ヨシをエースドライバーに迎えることを検討していたチームが複数あったそうなんです。ヨシも移籍先がヨーロッパのチームなら、ミラノに拠点を移すことを考えていたようで……」

ミラノはガルバルディが本社を置く町から、そう離れてはいない。

「ということは、彼女と一緒に生活することを考えていたわけですか？」

「ヨシは『結婚は引退してからだ』と常々いっていました。安全性が格段に高まったとはいえ、Ｆ１では致命的な事故がまま起こりますのでね。後で考えてみると、彼女を念頭においての言葉だったんでしょうね」

「じゃあ佐村君が亡くなった後も、彼女はガルバルディで働いているわけですね」

「最後に会ったのは、ヨシが事故死した直後のことでしたが、まだ当分ガルバルディで勉強を続けるといってましたね。彼が亡くなったからといって、志半ばで断念したのでは、ヨシも不本意だろうといいまして……」

「もしも、もしもですよ、その方にプロジェクトの指揮をお願いしたら、引き受けていただけるでしょうか」

「それは、彼女が判断することですから、何ともおこたえしようがありませんね」

至極当然の言葉を返してきた松浦だったが、「でも、先にも申し上げましたけど、ガルバルディはガレージメーカーそのものと言っても過言ではない会社ですからね。彼女は車造りの知識、ノウハウは十分身につけていると思いますよ。それに……」

と、そこで一瞬、いい淀《よど》む。

「それに？」

村雨は間髪を容れず、先を促した。

「できない、あるいはやれる自信がなければ、彼女は絶対に断りますよ。チャンスだと見ても、闇雲に食いついてくるようなタイプではありませんのでね」

松浦が断った理由から考えると、依頼内容を聞いて、新型エンペラーをどのような車にするか彼女の中に明確なコンセプトが浮かばなければ、オファーは受けないということになる。

打診してみるだけの価値はあるかもしれない、と村雨は思った。

仮に、断られるにしても、一度その女性と話してみたいと、興味を覚えていた。

「松浦さん。一度彼女に連絡を取ってみたいのですが、どうしたらいいでしょう」

村雨が訊ねると、松浦は一瞬思案するように沈黙し、

「メールアドレスは知っていますが、トミタの社長にとはいえ、勝手に教えるわけにはいきませんのでねえ……。早々に私の方から、アドレスを教えてもいいかどうか、メールを送ってみましょう」

「そうしていただけると助かります」

「ただ、用件は話さないでおきますね。私は、あくまでも仲介役ですので……」

「分かりました。それで、彼女の名前は？」

そう問うた村雨に、松浦は彼女の名前をはじめて明かした。

「篠宮凛《しのみやりん》といいます。ヨシの二歳年上でしたから、今年四十一歳になるはずです」

# 4

戸倉の意向を確かめるのはひとまずやめにして、凛からの連絡を待つことにしたのには理由があった。

新型エンペラーをどんな車に仕上げるのか、明確なコンセプトを提示しない限り、戸倉からはいいこたえを貰えないように思えたからだ。

松浦と会った当日のうちに村雨は東京に戻った。

盛岡《もりおか》駅からは新幹線で二時間半だが、沿岸部からの移動にも同程度の時間を要したので、その日はそのまま帰宅することにした。

翌朝出社と同時にメールを確認すると、松浦からのメッセージがあった。

「アドレスをお伝えする件、篠宮さんから許可をいただきましたので、次に記します。小生はご意向に沿うことはできませんでしたが、新型エンペラー開発の成功を、祈念申し上げております」

村雨は、小一時間を費やしてまとめ上げた文章を、凛のメールアドレスに送付した。

末尾には、「スカイプが使えるようならば、一度直接お話しさせていただきたく、ご都合のよろしい日時をご指定いただければ、当方から連絡させていただきます」と申し添えた。

凛からの返信が入ったのは、当日の午後のことである。

意向は理解した、もちろんスカイプは使えるので、明日の日本時間午前七時ではどうか、とあった。

短いメッセージではあったが、否定的なニュアンスは感じられない。

こうなると、凛に対する期待は高まるばかりだ。そしてその翌日の午前七時ちょうど。村雨のパソコンのスクリーンに凛の姿が浮かび上がった。

「お初にお目にかかります、篠宮凛と申します」

長い黒髪を後ろで結い、静かな笑みを湛えながら涼やかな声で凛は名乗る。

自宅にいるからなのか、日頃もそうなのかは分からぬが、化粧を施している気配はほとんど感じられない。

「初めまして。トミタの村雨でございます」

「お忙しくしてらっしゃるのでしょうから、早々に本題に入らせていただきたいと思いますが、よろしいでしょうか」

いささか、ビジネスライクに過ぎる気がしないではないが、どうやら凜は、社長業が多忙を極めることを知っているようだ。相手が置かれた状況を慮《おもんぱか》る凜の姿勢に、村雨は好感を抱いた。

「結構です」

同意した村雨に、凜は口を開く。

「ご意向は理解したつもりですが、その上で、何点かお訊ねしたいことがございます」

「どうぞ、何なりと……」

「トミタが最後に製造するガソリンエンジン車としてエンペラーをどんな車にしたいのか、村雨さんご自身にお考えはおありなのでしょうか?」

「トミタの技術を結集した、ガソリンエンジン車のモニュメントになる車。その一点のみです」

凜は画面越しに村雨の顔を見つめたまま頷くと、落ち着いた口調で問うてきた。

「トミタの技術を結集したとおっしゃるのでしたら、プロジェクトマネージャーは社内に求めるべきではないでしょうか?」

「理由は二つあります」

村雨は、そう前置きすると続けた。

「一つは、エンペラーは十年以上、モデルチェンジをおこなっておらず、適任者がいないこと。二つ目は、新型エンペラーは、外観、内装、あらゆる点で歴代のエンペラーを遥かに凌《しの》ぐ、名実ともに最高の車にしたいからです。つまり、名前こそエンペラーですが、ガソリンエンジン車のモニュメントと呼ぶに相応しい車になるのであれば、制約は一切なし。むしろ、社内の人間が抱きそうな、歴代のエンペラーの面影を残そうなどという考えは邪魔になると考えたからなのです」

「なるほど……」

納得したかに見えた凛だったが、間髪を容《い》れず問うてきた。「つまり、村雨さんは後世に残る新型エンペラーを造りたいというだけで、それ以上の具体的なコンセプトはお持ちではないわけですね」

「それはプロジェクトマネージャーの仕事ですよ。今回の場合、私の使命は、これぞと見込んだ人間に任務を与え、存分に手腕を発揮できる環境を整えることです。ですから、最後のガソリン車として、後世に残る立派な車を造って欲しいとお願いするだけで十分でしょう」

「なるほど」

頷いた凛は、すぐに次の質問に入る。「では、私がプロジェクトマネージャーを引き受けて、新型エンペラーのコンセプトを固めたとします。その際、どなたがコンセプトについての可否を判断することになるのでしょう？　つまり、私のカウンターパートはどなたになるのですか？」

鋭い質問である。

従来の新型車の開発ならば、組織のルールに従って各段階で検討され、都度修正が繰り返された後、当該事業部長の承認を得て初めて製造開始となる。

もちろん、最終的には取締役会、ひいては社長の決裁が必要なのだが、あくまでも形式上のことで、承認がくつがえされることはまずない。

「今回の場合は私になるでしょうね」

村雨は即座にこたえた。

「村雨さんが？」

「実は、先ほどお話しした理由に加えて、ガソリンエンジン時代の終焉をいち早く察知したエンジニアの退職が相次いでおりまして――」

村雨は、次いで松浦に語った社内事情を凛に説明し、「ですから、もしこのオファーをお引き受けいただけるのなら、まずは篠宮さんがお考えになった新型エンペラーのコンセプトを拝見させていただいた上で、チームメンバーの人選に入ろうかと――」

話をさらに進めようとした。

ところが凛は怪訝そうに、

「ちょっと、待ってください」

村雨の言葉を遮って訊ねてきた。「ということは、フィージビリティスタディの一環として、同時にコンセプトも考えろとおっしゃるわけですか？」

フィージビリティスタディとは、プロジェクトを行うに当たって、実現の可能性、実施する意味があるかどうかを検討、検証するフェーズのことである。つまり、あくまでも実施するか否かを判断するために行うものであり、この段階でネガティブな結論が出れば、当然プロジェクトはキャンセルとなる。

「私自身はやると決めておりますので、一般的にいわれるフィージビリティスタディとは少し違いますね」

凛は、ますます意味が分からないとばかりに、小首を傾げる。

「ただ、最終的にトミタの新型車、それも最後のガソリンエンジン車として販売するからには、役員会で承認を得る必要はあります」

村雨は続けた。

「正直申し上げて、ＥＶ時代の到来が避けられなくなった今、敢《あ》えてこのプロジェクトを行う必要があるのかと、難色を示す役員は必ず出てきます。ですから、彼らの理解、賛同を得るためにも、このプロジェクトがいかなる意義を持つのか、そして新型エンペラーをどのような車にするのか、明確なコンセプトを提示しなければならないのです」

声に自然と力が籠もる。熱意の丈を村雨は訴えたつもりだったが、凛はいたって冷静だ。

「でも、難色を示す役員が必ず出てくるとおっしゃるのは、ビジネスとして成り立つのかが疑問視されるということですよね。だってそうじゃありませんか。ガソリン車のモニュメントとなるだけの車でいいのなら、記念事業みたいなものですもの。それなら採算性は大きな問題にならず、難色を示されることもないはずです」

「私は採算の取れない車を造るつもりはありませんよ。だから、松浦さんから篠宮さんのことをお聞きして、この仕事を引き受けていただけないかと思ったのです」

凛はまだ先があるはずだとばかりに、黙って話に聞き入っている。

村雨は続けた。

「ガルバルディは、生産台数が極めて少なく、発注しても納車まで年単位の時間を要します。なのに、八十年以上もの間、車の製造を続けてこられたのはなぜだと思います？」

「ガルバルディは、自分たちが造る車を評価して下さるユーザーだけが買ってくれればいい、そして、オプションのラインナップを豊富に取り揃えることで、ユーザーが夢見る車に仕上げたいという創業者の理念の下で製造を続けてきた会社です。いまだその経営方針は変わっていませんから、量産化には一度たりとも踏み切ったことはありません。そのため、生産台数が極めて少なく、価格も群を抜いて高額ですが、希少性が高いことに加えて、ステータスシンボルにもなるわけで――」

「つまり、セミオーダーの車だけに、販売価格は高額になる。それでも、ユーザーの望みが極力反映され、そこに希少性が生ずるから、購入を希望するお客様は後を絶たないというわけですね」

「ええ……その通りです」

「私はそこに、新型エンペラーが十分採算が取れる車になる可能性を感じたのです。ガルバルディ同様に、お客様の望みを極力叶《かな》えてやれる車に仕上げれば、高額であっても、十分採算が取れるはずだとね……」

凛の表情に変化が現れた。

村雨が新型エンペラーの開発に賭ける思いを理解しはじめたのと同時に、おそらくは、凛が胸中に秘めていた何かに触れるものがあったのだろう。

そこで、村雨は問うた。

「一つお訊きしますが、ガルバルディはＥＶについては、どう考えているのですか？　いずれ、ガルバルディもＥＶの製造に着手することになるのでしょうか？」

「それは、社長が判断することですし、企業戦略に関わることでもありますので、知っていたとしてもおこたえできませんね」

村雨が社長を退任することを明かしていないのと同様、凛もガルバルディの内部情報を漏らさないのは至極当然のことである。

ところが、凛は意外なことをいいはじめる。

「ただ、ガソリン車、ＥＶにかかわらず、ガルバルディが従来の車造りに対するポリシーを維持するのは困難な時代に入った。これまで大切にしてきたポリシーと現実とのギャップに悩んでいることは事実です。そしてそれは、今現在私が直面しているジレンマとも関係があるんです」

「といいますと」

俄然《がぜん》興味を惹《ひ》かれた村雨は、先を促した。

「ガルバルディは、極力イタリアの国内製品で車を造ることを堅持してきました。特に、内装は、イタリアのブランドメーカーと提携し、あるいは廃れゆく伝統工芸技術を活用して、微力ながら国内産業の活性化に寄与しようとしてきました。それが、特にアパレル等の繊維産業に顕著なのですが、ファストファッションの市場規模が急速に拡大するにつれ、閉鎖、廃業に追い込まれる工場が激増したのです」

「イタリアのアパレル産業は、高級品を主に製造していましたから、消費者の嗜好《しこう》が安価なフアストファッションに向くのは死活問題ですね」

「そこに目をつけたのが中国人です。安価な生地を中国から輸入して、メイド・イン・イタリーにして国の内外で販売するようになったんですね。もちろん、イタリア人の雇用を生みはしたのですが、その一方で中国本土から労働者が押し寄せてくることになりまして……」

中国人が労働の場や生活の場に拘らないのは今にはじまったことではない。『華僑《かきょう》』という言葉があるように、商機を求めて海外に出ていくのは、中国人にとって至極当然の生き方なのだ。

それに、日本人だって、商機を海外に求める人間は数知れず。見ようによっては、凜だってその一人である。

「共産主義国家ではありますが、国民が皆信奉者というわけではありません。むしろ、国民性は極めて資本主義的ですから、ビジネスチャンスがあると見れば、イタリアに限らず、どこの国で暮らすのも躊躇しませんからね」

「その通りなのですが、先に申し上げたガルバルディの理念の下で働いていると、ふと思うことがありましてね……」

「といいますと？」

「ガルバルディが拘るメイド・イン・イタリーは、イタリア人が造るものでなければならないのか、という点なんです。もし、そうだとしたら、そもそも私にはガルバルディの車造りに携わる資格がないということになってしまうんじゃないかと……」

「でも、篠宮さんは、現にガルバルディの車造りに携わっていらっしゃるではありませんか」

「ええ……」

「その事を、ガルバルディと話したことはあるんですか？」

「もちろんです。小さな会社ですので……」

「ガルバルディは、何とおこたえになったんです？」

「リンは別だと」

凛は、そうこたえながら複雑な笑みを浮かべる。「その言葉は人種差別からくるものではないと思いますし、そう思いたくはありません。それに実際、イタリアには、合法的に暮らしている中国人よりも、違法就労の中国人の方が圧倒的に多いともいわれていますのでね。国籍の如何《いかん》を問わず、暮らす国の法律に従うのは当然のことですから、同じアジア人として、反感や偏見を持たれても仕方がない部分は確かにあるのです」

こればかりは、現地で暮らしてみないことには、何ともこたえようがない。

思わず腕組みをし、天井を仰いだ村雨に、凛は続ける。

「それはそうと、長きに亘って継承されてきたイタリアの伝統技術を守りたいという、ガルバルディの車造りに対する考えには共感しているんです。誰しもが価値を認めているにもかかわらず、需要が低迷して、途絶えようとしている伝統技術は多々あります。需要がなければ、職業としては成り立ちません。それでも成り立たせようとするならば、価値を高めることで高額でも売れる製品を造るしかないのです」

「おっしゃる通りです。日本だって、例外ではありませんからね。着物にせよ、漆器にせよ、日常的に使われていた時代には、庶民に手が届く値段で売られていたものが、需要が減少するにつれ、生産量が低下して高額になり、趣味、贅沢品《ぜいたく》へとなってしまったわけですからね」

「でも、守らなければ、いや、守りたいとは誰しもが思っていると思うんです」

「その通りでしょうね」

肯定したものの、ならば自分がやると名乗り出る人間はまずいないのが現実というものだ。

ゴミ焼却場や火葬場といった施設の必要性は重々承知していても、自宅の近所に設置するとなると猛反対。所謂《いわゆる》『ノット・イン・マイ・バックヤード』と同じである。

「もちろん、専業で生活が成り立つだけの収入が得られなければ、仕事として成立しませんから、このままでは後継者が現れるはずもなく、伝統技術は廃れてしまうことになります」

「このままではとおっしゃるところを見ると、何か策がありそうですね」

「策というか、そうなったらいいなといった程度のものですが……」

凛は、少し照れたように視線を伏せる。

「差し支えなければ聞かせていただけませんか？」

「伝統工芸技術を可能な限り取り入れた製品や部品を開発して、新たな分野に、それも世界に市場を求めることです。こんなに素晴らしい技術が、廃れようとしている。その事実を知らしめ、需要を喚起することです」

「それは、新型エンペラーのコンセプトに関係することですか？」

短い沈黙があった。

考えはあるに違いないのだが、口に出せば後戻りできなくなるとでも思っているのか、村雨には凛が躊躇しているように思えた。

やがて凛は意を決したように、口を開いた。

「村雨さんは、エンペラーをガソリン自動車のモニュメントになる車にしたいとおっしゃいましたね」

「ええ……」

「もしも、私がトミタでガソリン車のモニュメントとなる車を造るとしたら、少なくとも目に見える部分には日本の伝統技術を全面的に取り入れた車にしたらどうかと思うんです」

「日本の伝統技術を？」

そんなことは考えてみたこともなかっただけに、村雨は思わず問い返した。

「例えば高級車の内装にはウッドパネルが使われていますが、日本の木材加工技術、装飾技法は独特かつ精緻《せいち》であるだけでなく、デザインや素材も極めてユニークです。塗りに漆を用いる国は、日本以外にも中国など東洋にはいくつかありますけど、蒔絵《まきえ》は日本独特の技法ですからね」

「しかし、車内の温度や湿度は常に一定に保たれているわけではありません。温度、湿度に敏感な漆をウッドパネルに使うのは──」

非現実的と続けようとした村雨を遮って、

「もちろん存じております」

凛はいった。「そうした伝統技術をそのまま用いるのではなく、エンペラーのインテリアに応用できないかと申し上げているのです」

突然にして、あまりにも突飛な発想に、村雨は言葉に詰まった。

「漆は使えなくとも、蒔絵の技法はそのまま使えるかもしれませんし、内装には織物、絨毯《じゅうたん》だって日本には優れた製品がたくさんありますからね」

「しかし、それらを全て職人が造るとなると……」

「社長、さっきおっしゃいましたよね。エンペラーをお客様の望みを極力叶えてやれる車に仕上げれば、高額であっても、採算は十分取れるはずだと」

凛は艶然《えんぜん》と微笑み、小首を傾げて問うてきた。

「確かに……」

「松浦さんからお聞きになったかもしれませんが、私、佐村良樹と交際しておりました。仕事がありますので、全てのレースに同行することはできませんでしたが、モナコグランプリだけは別でしてね。休暇を取って、モナコのレースだけは欠かさず観戦しましたし、滞在中は良樹と一緒に過ごしていたんです」

その当時の記憶が脳裏に浮かんだのだろう、凛は遠い目をして懐かしげにいう。「モナコグランプリには世界中から富裕層が押しかけてくるのはご存じでしょうが、日本人の感覚では想像もできないような大金持ちが本当にたくさんいるんです」

「私はテレビでしか見たことがありませんが、港を埋め尽くすヨットやクルーザーの豪華さ、数は圧巻ですよね」

「大型ヨットになると、二十億、三十億はざらです。中には百億を優に超えるものすらあるのですが、その価格帯のものでも珍しい部類には入りません」

「いったい、どんなヨットを造ったら、そんな値段になるんでしょうね」

「内装、インテリア、そして機能です」

凛はあっさりという。「エンジンや船体の材質は、独自性を出せるほどの選択肢はありませんのでね。でも、内装、インテリアはおカネをかけようと思えばそれこそ青天井。壁紙や家具のデザインから、使用する材質までもがオリジナル。しかも、それらの全てを職人が手作りするんですよ？　食器やグラス、果ては寝具に至るまで、オリジナルのもので揃えたら、そりゃあ途方もない額になりますよ」

いわれてみれば、ヨットといっても、日本人の感覚からすると、もはや船である。船体の大きさだって、内航の大型フェリーに匹敵するのではないかと思われるほど巨大なものもあるし、居住区にしたって二階、三階建てだ。しかも中にはヘリポートがあるものすらある。

「家にだって、そんなにおカネをかけないだろうに、ヨットには出費を惜しまないというわけですか……」

「要は見栄の道具なんです」

凛はずばりという。「バカンスで使うにしたって、一年のうちほんの僅《わず》かな期間ですからね。ヨットに客を招いて、パーティーを開いたりショートクルーズに出かける程度なんですが、だからこそ、ここぞとばかりにおカネを使って財力を見せつけるわけです」

「見せつけられた富裕層が対抗心を燃やして、さらにいいものを造ろうとする。かくして、豪華ヨットの需要は尽きることがないというわけですか」

「まあ、あのクラスのヨットを持っている人たちは、世界各地に別荘も持っていますし、移動はプライベートジェットですからね。もちろん別荘には、その地の気候や用途に合わせた超高級車を複数台置いているんです」

「つまり、新型エンペラーをそうした層の購買意欲を掻き立てるように仕上げることができれば、価格は関係ない。必ず売れるといいたいわけですね」

そういいながら、村雨は凛の考えの妥当性を脳裏で検証してみた。

エンペラーはトミタの最高級車だが、自家用で使用されている台数はごく僅かだ。

その理由は、政界ならば重鎮クラスの政治家の、企業ならば役員クラスの重役の、社用車、あるいはハイヤーとして購入されるのが大半で、運転手が運転する車だというイメージが定着しているからだ。

当然、購入費用は政界ならば国が、財界ならば会社が支払うのだから、価格は妥当とみなされるラインに納めなければならない。して考えると、こと日本においてはエンペラーはステータスシンボルといえるものであっても、世界の富裕層からすれば、ただの車に過ぎないというわけだ。

海外でエンペラーが売れないのは、単に知名度の問題かと思っていたが、どうやらとんだ思い違いをしていたようだ。

果たして凛はいう。

「ファッションの世界には、デザイナーが顧客のために完全オリジナルの衣装を造る、オートクチュールと呼ばれるカテゴリーがあります。世界の富裕層は、今に至っても、オートクチュールを好んで着るんですね」

「衣装もまた、完全オリジナルを好む。立派な見栄の道具だからというわけですね」

「そして魅力的な衣装を造り、他の富裕層の目に止まれば、注文が殺到する。それも、彼らはおカネに糸目をつけず、オリジナリティを求めるのですから、生地、服のデザインのバリエーションはどんどん広がっていくことになるんですね」

そこまで聞けば、凛がいわんとしていることが見えてくる。

「つまり、車としての機能は同じでも、内装やインテリアに日本の伝統技術をふんだんに取り入れ、カスタマイズも可能とすることでオリジナリティを演出し、さらにそのクオリティの高さ、美しさを海外の富裕層に認知させることができれば、高額になろうとも新型エンペラーは売れる。私が先程申し上げた、十分採算が取れる車になるというわけですね」

「ただし、日本色をどこまで出すかは、ユーザーの意向を完全に反映することが必要だと思います」

「それは、どういうことですか?」

「例えば蒔絵を用いるとしましょうか」

凛はいう。「金粉や銀粉を用いて繊細な絵を漆器の上に描く蒔絵は、高度な技術を必要とします。日頃超一級の美術品に接して目が肥えている富裕層にも、その価値は認めていただけるとは思うのです」

ここまでのところに異論はない。

「なるほど」

村雨は先を促した。

「問題はデザイン、何をモチーフにするかです」

凛は続ける。

「蒔絵の図柄は様々ですが、やはり一番多いのは花鳥風月です。侘《わ》び寂《さ》びを愛《め》でるのは日本人特有の感性ですし、四季の移ろいの中に様々な思いを抱きながら、花を生けたり詩歌を詠んだりするのも、日本人ぐらいのものです」

「確かに、そうかも知れませんね。日本のそうした文化に惹かれる外国人もいますし、学んでいる方も少なからずいるようですが、花鳥風月や侘び寂びを愛でる美意識は、日本人のＤＮＡに刷り込まれているもののように思いますね」

「そこなんです」

凛の声に力が籠もる。「世界に市場を求めるのなら、日本人の美意識に囚われず、内装のデザインはそれぞれのユーザーの好みを百パーセント反映しなければならないと思うのです」

「おっしゃることは分からないではありませんが、さすがにそれは――」

余りにも現実離れした考えだ、と続けようとした村雨を遮って凛はいう。

「藤原正彦《ふじわらまさひこ》さんがお書きになった『国家の品格』の中に、こんな一節があります。『スタンフォード大学の教授が私の家に遊びに来ました。秋の夜食事をしていると、網戸の向こうから虫の音が聞こえてきました。その時この教授は「あのノイズは何だ」と言いました。教授にとって虫の音はノイズ、つまり雑音だったのです』と」

なるほど、と村雨は思った。

虫の音を愛でる文化は日本だけではないように思うが、少なくともアメリカや欧州、中東にはない。

それに蒔絵を施した漆器といえば、村雨も外国人の反応を目の当たりにしたことがある。

「そういえば、私も蒔絵を施した漆塗りの文箱《ふばこ》を、渡米した際に友人にプレゼントしたことがあるのですが、その時の反応は、想像していたのとはちょっと違いましたね」

凛は、微《かす》かに首を傾げて先を促す。

村雨は続けた。

「漆器の知識は持ち合わせていたらしく、大変喜んでくれましたし、蒔絵の見事さにも驚いていたのですが、どうも図柄にはピンと来なかったみたいでしてね」

「どんな図柄が施されていたんですか？」

「確か、竹をモチーフにしたものでしたね」

「それ、黒の漆塗りの部分が大半で、金をメインに竹が品良く描かれていたんじゃないですか？」

まるで、凛はその場に居合わせたように問うてきた。

「ええ……その通りです」

「そのようなシンプルな図柄は、外国人、特に欧米人には物足りなく感じるでしょうね」

凛はくすりと笑う。「決して馬鹿にしているわけじゃありませんよ。要は文化の違いなんです。最近でこそ大分変わってきましたけど、かつては日本人ってプレゼンやディベートがあまり得意じゃありませんでしたでしょう？　言語も同じ、文化のほとんどの部分も共有できる環境に生まれ育てば、議論を交わすまでもない、いわずもがなで分かり合えるという意識ができるのも当然だと思うんです。実際、あうんの呼吸なんて言葉があるのは、日本ぐらいのものですからね」

さすがに、海外生活が長いだけあって、凛の日本社会を見る目は鋭い。

「集合論で考えると、より理解しやすいかもしれませんね」

凛は続ける。

「日本も厳密には多民族国家ですが、言語、文化はほぼ共有、あるいは理解できる環境が整っているわけです。つまり、Aという単一の集合体と考えることができるんですね」

「確かに……」

「その点、海外には多民族、多言語、かつそれぞれが異なった文化を持つ国民で構成される国も多くあります。アメリカはその典型的な国ですね」

「つまり、A、B、C、と多くの集合体が一つの国を構成しているというわけですね」

「ええ……」

凛は頷く。「そうした国で社会的なコンセンサスを得るためには、全ての集合体に共通する要素を見いだす必要があるんです」

数学的文言だが、要するに複数集団の重なり合う部分、共通部分を見出さないことには、社会的コンセンサスを得るのは難しいと凛はいっているのだ。

「その共通部分を見いだすためには、議論を重ねる以外にない。だから、あうんの呼吸なんて概念は、まず日本以外にないのだというわけですね」

「日本人の感性や価値観を、異文化の中で育った外国人に理解してもらうのは簡単なことではありません。それは日本人にもいえることです。外国人の価値観や文化、慣習を理解するのは難しいものですからね。ですから、いずれの自動車メーカーも仕様を決めるに当たっては、最大公約数的要素を取り入れ、民族的要素を排除してきたと思うのです」

「なるほど」

「それに製造コストはロットに反比例して安価になりますから、多くの人に好まれる車を造れば、メーカーの収益率も高くなる。つまり、これまで世に送り出されてきた自動車の大半はファッションでいうならプレタポルテなんです。でも、それでは新型エンペラーを採算ベースに乗せるのは難しい。オートクチュールでやる以外方法はないと私は思うんです」

プレタポルテは既製服、量産化された被服のことだが、確かに凛の言う通りだ。

もっとも、コンセプトとしては面白いと思うものの、やはり内装をオートクチュールでやるのは、とても現実的とは思えない。

しかし、「待てよ……」と村雨は思った。

凛が車造りのノウハウ、知識に通じているのは間違いない。発想も極めてユニークだし、なによりも、世界の富裕層に愛されるガルバルディの車造りに携わってきたという経験がある。

一台の新型車を世に送り出すまでの開発プロセスは、どこの会社であろうとも同じようなもので、まずどんな車を造るのか、コンセプトを確立するところから始まる。しかし、モーターショーに展示されるコンセプトカーがそのままの姿で市場に現れることが皆無であるように、開発が進むにつれ、より現実に則したものへと変化していく。

つまり、今の段階では、こんな車を造ってみたいという夢があるだけで十分なのだ。そして、凛はその夢を持っている。それは、プロジェクトリーダーに求められる最も重要な資質を既に持ち合わせているということだ。

そこで、村雨はいった。

「そこまでおっしゃるのなら篠宮さん、リーダーを引き受けていただけるんですよね。篠宮さんがお考えになる新型エンペラーを、実現させてみようじゃありませんか」

凛は、すぐにはこたえを返さなかった。

おそらく、判断がつきかねているのだろう。固く唇を結んで、視線を落とす。

しかし、拒む言葉が返ってこないところから脈はあると踏んだ村雨は、ここぞとばかりに押しに出た。

「長年お勤めになったガルバルディには愛着も覚えていらっしゃるでしょうし、引き受けるとなれば、イタリアを離れなければなりませんのでね。生活環境も一変しますから、躊躇するお気持ちは理解できます。でもね、篠宮さん。この仕事はあなたにとって、飛躍を遂げる大きなチャンスでもあるはずです」

ちらりと視線を上げた凛だったが、再び目を伏せ沈黙する。

そこで、村雨は問うた。

「篠宮さんは、まだ修業の身だとお考えになってるんですか?」

「それは……」

「ご自身の口から一人前だとはいえないでしょうが、小さなメーカーで長年働いてこられたんです。ガルバルディの車造りのノウハウは、十分身についていると思うのですが?」

「おっしゃる通り、一人前かどうかは自分では何ともいえませんが――」

「でも、篠宮さんの名前を挙げたのは松浦さんですよ。あの人の仕事への取り組み方、能力の高さは良く知っていますから。第一、確信なくして人を推挙する方ではありませんからね。この仕事を十分やれる能力があると見込んだからこそ、あなたの名前を挙げたのです」

「ガルバルディで学んだ車造りの経験が、トミタで生かせるでしょうか？　第一、私は大きなチームをマネージメントした経験が――」

「誰にだって、はじめてはあるんですよ、篠宮さん」

　村雨は凛を遮った。「私だって、就任するまで社長なんかやったことがなかったんですよ。あなたにお願いしたいのは、これまでトミタが手がけたことがない車を造ることなんです。社内にそんな仕事をした人間はいないんですから、経験の有無なんか問題になりませんよ。あなたの能力に期待しているからお願いしてるんです」

「能力に期待しているとおっしゃいますが、社長は私の何をご存じなんですか？　言葉を交わすのも、今日がはじめてではありませんか」

　凛のいい分はもっともだ。

　どんな仕事でもそうだが、社外から人材を招聘《しょうへい》するに当たっては、経歴、実績、人柄を調査した上で候補を選び、面接を経た上で、これぞと見込んだ人間を採用する。

　しかし、彼女のことをまだほとんど知らないにもかかわらず、それでも凛にエンペラーの開発を任せてみたいと思ったのには、理由があった。

「短いやり取りの中だけでも、篠宮さんにお願いしたいと思ったのです。EV市場でトミタが生き残るためにも……」

「それ、どういうことですか？　おっしゃる意味が理解できないのですが？」

「ガソリン車に比べてＥＶは、メーカーの独自性を打ち出すのが極めて難しいのです」

それから村雨は、ＥＶが主流となった後、自動車市場がどう変化するか、かつて壇と語り合った将来像を話して聞かせ、続けた。

「ユーザーが車を選ぶ基準も変わってくるでしょう。そして、最も大きな変化は、今まで世界市場では競争相手とみなされなかった中国車が、ＥＶ市場では脅威となることです。なにしろ、生産コストの点では中国が圧倒的に有利ですし、生命線とも言えるバッテリーに至っては、基本特許を数多く取得していますのでね。それに、中国は世界一の自動車市場です。中国にしてみれば、外国メーカーを排してＥＶ立国の地位を確立する絶好の機会と映っているのは間違いないんです。国策として自国メーカー車の普及に努めれば、生産台数は激増し、それは販売価格の低下に直結する。性能に差がないのなら、ユーザーの車選びの基準は、販売価格になるはずです。ならば、その時トミタは、どこに生き残りの道を見いだせばいいのか……」

「所有欲を掻きたてるような車にするしかない。その可能性を新型エンペラーで探ろうというわけですか」

「正直申し上げて、オートクチュールという篠宮さんのアイデアには驚きました。もちろん、量産車にこのコンセプトをそのまま用いることはできませんが、自動車に見栄の道具という一面があるのは事実です。ハイエンドのエンペラーで培ったノウハウを、プレタポルテとしての量産車に生かすことができれば、世界に通用する魅力的な車を造ることができるのではないかと――」

「なるほど……」

凛は、納得した様子で頷いた。

「それと、篠宮さんにお願いしたい理由はもう一つあるんです」

両眉を上げ、首を微かに傾げて先を促す凛に向かって村雨は続けた。

「メカの指揮は、戸倉さんにお願いしようと考えておりまして……」

「戸倉さんって、Ｆ１チームにいらした？」

「松浦さんと一緒にトミタをお辞めになりましたが、あれだけの技術を持ったエンジニアは滅多にいませんし、最高の車を造るからには、最高の陣容をもって挑まなければなりませんので」

「戸倉さんにメカを担当していただけるのは、心強い限りですが……。でも、お引き受けになるでしょうか」

「松浦さんがおっしゃるには、Ｆ１には二度とかかわりたくないだろうが、エンペラーならば受けるかもしれないと……」

「えっ……」

「部品の製造とはいえ、今でもトミタの仕事をお引き受けいただいておりますのでね。車造りへの情熱は、いささかも衰えてはいないのではないかと……」

凛の表情に明らかな変化があった。

おそらく、佐村と交際していた頃の記憶が脳裏に浮かんだのであろうが、悲しみの影は微塵《みじん》も見せず、凛はいった。

「まるで、良樹の弔い合戦のようですね」

「というか、佐村君が結んでくれた縁のように私は感じておりますけどね」

それは紛れもない村雨の本心だった。「松浦さんにお会いするまで、篠宮さんのことは全く存じ上げませんでしたし、しかもガルバルディで長年お勤めになっていたなんて、こんな偶然は滅多なことではあるものではありませんからね」

「そうですね……不思議といえば不思議ですよね……」

凛はしみじみとした口調でいい、それでも、「分かりました。前向きに考えさせていただきます」と微妙なこたえを返してきた。

「前向きにとおっしゃいますと？」

「ガルバルディにお世話になって十五年。工業デザイナーの勉強をしているといって押しかけた私を温かく迎えてくれた上に、車造りのノウハウまでも学ばせてくれたガルバルディには恩があります」

「なるほど」

「それに、おっしゃるようにガルバルディはガレージメーカー同然の小さな会社です。各工程の職人にしても子、孫と三代に亘って技を継承しているような職場ですのでね。事情を話せば、ガルバルディも駄目だとはいわないでしょうが、迷惑をかけるわけにはまいりませんので……」

「その通りですね」

断られては困るのだが、恩を忘れず、筋を通そうという凛の姿勢は実に好ましい。

凛の意向に同意しながらも、村雨は続けた。

「それに、こちらの条件も提示しないうちにお引き受けいただきたいもあったものではありませんのでね。早急にオファーレターをお送りいたしますので、それをご覧になった上で、お返事をいただきたいと思います」

「ありがとうございます……」

モニターの中で頭を下げる凛に向かって、村雨はいった。

「一緒に働ける日が来ることを、心より願っております。今日はありがとうございました」

# 第二章

## 1

首都高速横羽線《よこはね》の真下を走る産業道路の海側は、東京近郊最大の工業地帯だ。

多摩川《たまがわ》を越えて暫《しばら》くすると、左側に十ばかりの社名を記した看板が現れた。

その中に『戸倉金属加工』の名前を村雨が認めたのと同時に、運転手がハンドルを左に切った。

五百メートルほど走ったところで、「目的地周辺です」というナビのアナウンスを聞いて、

「ここで停めてくれ……」

村雨は運転手に告げた。

対向二車線の道路に面して薄汚れた一対のコンクリートの門があり、そこに『戸倉金属加工』と記された看板が掲げてあった。

その奥にある鉄筋コンクリート四階建ての古い建物が、戸倉金属加工の本社である。

ガラスのドアを押し開けて中に入るとカウンターがあり、その奥は事務所という典型的な中小企業の造りで、四十人ほどの社員が働いている。その中の一人、事務服を着用した中年の女性が立ち上がると、

「いらっしゃいませ」

村雨に向かって頭を下げた。

「トミタの村雨と申します。戸倉専務とお会いする約束をしておりまして……」

村雨が告げると、社名と名前を聞いた女性は俄《にわか》に緊張した面持ちになって、

「お通しするよう申しつかっております。どうぞこちらへ……」

村雨を奥へと誘《いざな》った。

やはり社屋は、建てられてからかなりの年月を経ているらしく、壁や床にも傷みが目立ち、エレベーターも設置されていないようだ。

事務員の先導で階段を使って四階に上がると、合板を用いたドアが並んでいる。

どうやら役員専用のフロアーらしく、各ドアの上には、『社長室』『副社長室』と部屋の主の役職名が書かれたプレートが掲げられ、『会議室』と書かれたものもある。

事務員がプレートに『専務室』と書かれたドアをノックすると、中から「どうぞ」という声が返ってきた。

「トミタの村雨社長が、お見えになりました」

ドアを開けそう告げた女性の肩越しに、戸倉の姿が見えた。

最後に会ったのは、佐村の葬儀の時だったと思う。参列者が多くて言葉を交わした記憶はないが、憔悴《しょうすい》しきった当時の様相とは違って、戸倉は破顔して立ち上がる。

「これは社長、大変ご無沙汰《ぶさた》申し上げております」

部屋の中央に置かれた応接セットに歩み寄りながら、戸倉は明るい声でいう。

「ご無沙汰しているのは私の方です。お忙しいでしょうに、お時間を頂戴《ちょうだい》して申し訳ございません」

「何をおっしゃいますか。社長自ら、こんなむさくるしいところにおいでいただかなくとも、私が――」

「いや、いや、相談を持ちかける側が参上するのが、道義というものです。それに一度、戸倉さんの会社をお訪ねしたかったこともありますし……」

戸倉を遮っていいながら、「この人も、すっかりビジネス社会に馴染《なじ》んだのだな……」と村雨は思った。

というのも、F1時代の戸倉は、誰しもが認める卓越したエンジニアであったのだが、こと仕事となると、頑固であるだけでなく、社交性にも乏しく、職人気質《かたぎ》の気難しい人物という評判が定着していたからだ。

それでも戸倉が慕われたのは、一旦《いったん》仕事を離れると部下には情を以《もっ》て接し、面倒見もいいという、ONとOFFの切り替えに優れた性格の持ち主であったからだ。

「安西《あんざい》さん、お茶の支度をお願いします」

戸倉は案内してきた事務員に命じながら、「どうぞ、そちらにおかけ下さい」と、村雨に椅子を勧めた。

そして、自らも正面の席に腰を下ろすと、

「古い建物で、驚かれたんじゃないですか？　今時、エレベーターもないビルなんてありませんからね。まるで昭和の町工場でしょう？」

戸倉は苦笑する。

「なるほど、昭和の町工場ですか。いや、中に入った瞬間、懐かしいというか、胸が温かくなるような、奇妙な感覚を覚えたのですが、それだったんですね。私も昭和三十年代の生まれですので……」

「この社屋が建ったのは、まさに昭和三十年代。日本が高度成長期の真《ま》っ只中《ただなか》にあった時代でしてね。仕事はどんどん舞い込むし、工場を新築してもまだ資金に余力があったもので、この本社ビルを建てることができたんです」

「つまり、戸倉さんにとって、このビルは人生と共にあったわけですね」

「まあ、私もそれだけ歳を取ったということですよ」

これもまた、Ｆ１時代の戸倉の評判からは、想像もできない反応だが、『歳』という言葉が出たのを幸いとばかりに、早々に用件を切り出した。

「戸倉さん、実は相談というのは新型車、それもガソリンエンジンを搭載する最後の新型車を開発したいと考えておりまして、そのメカの開発総指揮をお引き受けいただけないかと……」

戸倉には、「お会いして、ご相談申し上げたいことがある」といっただけで、内容は知らせていなかった。

もちろん、それには理由がある。

一つは、古巣とはいえ、会社を去った人間に大きな仕事を依頼するからには、電話では礼を失すると思ったこと。もう一つは、松浦に依頼を拒まれたことがあったからだ。

しかも戸倉の場合、中小企業とはいえ、経営陣の一人として会社を率いる立場にある。まして、新型エンペラーはトミタが手がける最後のガソリン車になるのだ。開発終了と同時にチームは解散。その時点でトミタとの縁は再度切れてしまうことになる。

実に虫がいいというか、勝手極まりない依頼であることもあったし、電話口での僅《わず》かな会話の中からも、戸倉が現在の仕事に馴染んでいる様子が窺《うかが》えた。年齢も年齢である。ここで現在の仕事から一旦離れなければならないとなると、戸倉にも松浦同様、依頼を断られる可能性が高いのではないかと思ったのだ。

戸倉は小首を傾げ、小さく目を見開くと、

「いまさらガソリンエンジン車ですか？　トミタは近い将来、自社が製造販売する自動車は全てEVにすると、そして十四車種ものラインナップの開発に目処《めど》がついたと公表したばかりではありませんか」

当然の疑問である。

「その通りなのですが、トミタは創業以来、一貫してガソリンエンジン車と共に成長してきた会社です――」

村雨は、それから暫くの時間を掛けて、新型車の開発を決意するに至った理由を話して聞かせた。

「ガソリンエンジン車のモニュメントとなる車ですか……」

話を聞き終えた戸倉は、今ひとつピンとこない様子で、村雨が語った言葉を繰り返す。

「もちろん、単なるモニュメントではありません。トミタの技術の粋を結集した車。売れる車、ビジネスとして十分成り立つ車を造りたいのです」

村雨は、声に力を込めて訴えた。

「トミタの技術の粋を結集した車とおっしゃいますが、全面的にEV製造に取りかかると公表した直後から、ガソリンエンジン車の開発に携わっていたエンジニアは、続々と退社していると耳にしましたが？　そんな状況下でチームを結成することができるんですか？」

「退職するエンジニアが続出しているのは事実ですが、優秀なエンジニアはまだまだ在籍しておりますので……」

実のところ、現状は少し違っていて、優秀なエンジニアから辞めて行っているのだが、そうとしかいいようがない。

村雨は苦し紛れに返し、

「戸倉さんは、この仕事に興味を覚えませんか？　Ｆ１という、自動車レースの最高峰で培ってきた技術や車造りのノウハウを、最後のガソリンエンジン車の開発に存分に生かし、後世に残る車を造ってみたいとは思われませんか？」

話題を変え、説得を試みた。

「そりゃあ、魅力を感じないといえば嘘になりますが……。しかし、モニュメントになる車って、どんなものをイメージしていらっしゃるんですか？　社長にお考えはあるんですか？」

「エンペラーです……」

「エンペラー？」

戸倉は、ますますわけが分からないとばかりに、眉間《みけん》に深い皺《しわ》を刻むと、「私に、新型エンペラーの開発に加われとおっしゃるのですか？」

念を押すように問うてきた。

そんな戸倉の視線をしっかと捉《とら》え、

「トミタの技術のみならず、日本の伝統技術、匠《たくみ》の技を結集した高級車。それも世界最高峰の高級車を造りたいと考えているんです」

村雨はきっぱりといい放った。

「そんな車を造ったところで、どれだけ売れますかね」

戸倉は胡乱《うろんげ》気な眼差《まなざ》しで村雨を見る。「こういっては失礼ですが、高級車は世界に数あれど、日本のそれは国内では高級車でも――」

その先は聞かずとも分かる。

「ですから、世界に通用する超高級車を造りたいのです」

村雨は戸倉の言葉を遮って続けた。

「確かに、今までは国内でこそ高級車でも、海外市場での知名度は皆無。販売実績もほとんどありませんでした。それはなぜか。日本の自動車メーカーのターゲットが、巨大マーケットである大衆車市場だったからです。ですから燃費、耐久性、安全性の向上はもちろん、コストパフォーマンスをいかにして高めるかに心血を注いできたのです。その努力がユーザーから認められたからこそ、日本車は世界市場を席巻《せっけん》してきたわけです」

「その点は、社長のおっしゃる通りでしょうね。販売台数が増えれば増えるほど、製造コストは下がる。性能が優れているのに価格は手頃。ハイエンド車種でも少し頑張れば手が届く。それが日本車の強みでしたからね」

村雨の言葉を肯定した戸倉だったが、「でもその強みこそが、日本メーカーが製造する高級車が、海外で普及しなかった要因なんじゃないでしょうか」

一転、反論に出た。

理由を聞くべく、目で先を促した村雨に戸倉は続ける。

「高級バッグや時計などはその好例ですよ。高級ブランドメーカーは、普及品を製造しません。それはなぜか。全ての客層を対象に、ハイエンドからローエンドまでの製品を製造し販売すれば、消費者の所有欲を削《そ》いでしまうからです。つまり、高級品は万人が一目見て、そうだと分からなければ価値がない。普及品をメインに製造する会社が高級品を製造したところで、同じブランドで販売すれば、消費者には見向きもされないことを十分承知しているからです」

「なるほど、確かに戸倉さんのおっしゃる通りかもしれませんね。ロールスロイスやベントレーといった、世界中の富裕層が好んで購入する高級車メーカーは、大衆車を一切製造しませんし、価格に至っては一般消費者が逆立ちしたって手が届かないほど高額ですからね」

反論があるからこその肯定だと察している様子で、今度は戸倉が目で先を促した。

村雨は続けた。

「でもね、戸倉さん。本当にそうなんでしょうか。なるほど、ブランド品は所有欲を満たすものではあるでしょう。同時にステータスシンボル、つまり見栄《みえ》の道具でもあるわけです。ならば、トミタはどうなんでしょう？」

「どうなんでしょうとは？」

その質問に対する見解は、たったいま述べたばかりではないかとばかりに、戸倉は問い返してきた。

「トミタが造る車のメインは大衆車だ。トミタが高級車を造ったところで、世界の富裕層には見向きもされない。本当にそうなんでしょうか？」

「はっきり申し上げて、私はそう思いますね」

戸倉は、きっぱりと断言する。「実際、エンペラーの顧客層は、国内の政治家や財界の重鎮がメインではありませんか」

「エンペラーに限っていえば、おっしゃる通りです」

再び、戸倉の言を肯定した村雨は、そこで本格的に反論に出た。「でもね、事実は違うんです。高級車市場ではそうですが、超がつく高級車市場では、トミタの車は高い評価を既に受けているんですよ」

「超がつく高級車？　そんな車はトミタにはないはずですが？」

「あります」

「どこにです？」

「F1です」

これには、さすがの戸倉も驚いたと見えて、ポカンと口を開けて沈黙する。

村雨はいった。

「うちがF1から撤退した際に、戸倉さんが開発なさったマシンに搭載したエンジンを是非供給して欲しいと、複数のチームからオファーがあったのはご存じですよね？」

「もちろん知っていますけど、それとこれとは話が違いますよ」

「何が違うんですか？」

村雨は、ここぞとばかりに押しに出た。「Ｆ１に参戦するには莫大《ばくだい》な資金が必要です。ワークスはもちろん、カスタマーチームであっても、大富豪をスポンサーにつけなければ、参戦することは不可能です。いいですか、大富豪をですよ。世界のセレブリティ中のセレブリティをその気にさせなければ、参戦もできませんし、まして継続して参戦するためには、スポンサーが納得する戦果を収めなければならないのです」

どうやら戸倉は村雨のいわんとすることを察したらしく、黙って話に聞き入っている。

村雨は、さらに続けた。

「ご承知のように、カスタマーチームは、シャーシやエンジンを自ら開発しません。それぞれの供給元を見つけ、組み合わせてマシンを造ります。そして、参戦するからには勝利を目指す。それもコンストラクターズチャンピオン、チーム優勝を目指すんです」

戸倉は言葉を発しようとしたのだろう。口をもごりと動かしたのだったが、その言葉を呑《の》み込むように、視線を落としテーブルの一点を見詰める。

そこで、村雨は問うた。

「戸倉さん、カスタマーチームのスポンサーになる、あるいはオーナーになる人間は、何を望んでいるのだと思います？」

「動機は人それぞれだと思いますが、共通しているのは優勝するチームを持つこと。早い話が名誉欲を満たすためです。Ｆ１チームを持つこと自体、大変な名誉ですが、コンストラクターズチャンピオンのオーナーには一年に一度、世界に一人しかなれないのですからね」

「つまり、供給をオファーしてくるということは、トミタのエンジンを搭載すれば勝てるマシンになる、最高の名誉を手に入れられると確信を持てばこそということになりませんか？」

「それは、そうなんですが……」

「ここまでいえば、トミタが造った超高級車が、既に世界で高い評価を得ているという理由がお分かりになるでしょう？」

「いや、社長……それは――」

説得のためとはいえ、無理がある理屈であることは重々承知だ。

そこで、村雨はもう一つの材料を出すことにした。

「実は、このプロジェクトのマネージャーには、篠宮凛さんに就任していただこうと考えておりまして……」

凛の名前を聞いた戸倉の驚きようは尋常なものではなかった。

信じられないとばかりに、目を丸くして、しばし絶句すると、

「篠宮凛さんって……ヨシと交際していた、あの凛ちゃんのことですか？」

「ちゃん」づけで呼び、念を押すかのように問うてきた。

「そうです。その篠宮さんです」

「どこで彼女のことを知ったんですか？　凛ちゃんのことを知っているのは――」

「松浦さんにお聞きしたのです」

村雨はいった。「実は、プロジェクトのマネージャーは松浦さんにお願いしようと、岩手を訪ねたのですが断られましてね。その場で、篠宮さんなら立派に役目を果たせるのではないか

と、松浦さんがおっしゃったんです」

「彼女に、この話、なさったんですか？」

「ええ、五日ほど前に、スカイプで」

「それで、彼女は受けたんですか？」

「二日前にオファーレターをお送りしましたが、お返事はまだいただけてはおりません。でも、依頼の内容を告げた直後から、コンセプトが口を衝《つ》いて出てくるのには正直驚きました」

「最初は工業デザインの修業目的で入社したそうですが、ガルバルディは小さな会社で、車造りの全ての工程を勉強させてもらっているといっていましたからね。もっとも彼女は、使い勝手がいいようで、と笑っていましたけど、それだけ優秀なんですよ」

「お話をしてみて、ますます、彼女に是非マネージャーを引き受けていただきたいと思ったのです」

「とおっしゃいますと？」

そこで、凛が語った新型エンペラーのコンセプトを話して聞かせると、

「なるほど、先に社長が日本の伝統技術や匠の技をふんだんに取り入れるとおっしゃったのは、彼女のアイデアだったんですね」

合点がいったとばかりに、戸倉はいう。

「私には、そんなことを思いつく能力はありませんからね」

苦笑いを浮かべた村雨だったが、一転して真顔になると、戸倉に向かって問うた。「さっき戸倉さんは、このプロジェクトに携わるエンジニアのことをご心配なさっていましたね」

「ええ……」

「実は、このプロジェクトのメンバーは社員でなくとも構わない。有能、かつ熱意を持った人材で構成しようと考えているのです」

「トミタの最後のガソリン車なのにですか？」

「まだ有能なエンジニアが残っているのは事実ですが、トミタは今後ガソリン車の開発を一切行わないと公表しました。エンジンの研究開発部門、およびそれに関連する組織、業務は、早晩不要となります。事実、現在人事部が早期退職者を募るに当たってのパッケージの作成を進めているところでして……」

「なるほど。トミタのような超優良企業が早期退職者を募るとなれば、パッケージの内容には、破格の条件が提示されるでしょうからね」

「今までトミタと共に歩み、苦楽を共にしながら会社に貢献してきた社員たちを切らねばならないのです。恩もあれば、功に報いてやらなければなりませんので、可能な限りのインセンティヴを提示するよう、人事部には指示しております」

「パッケージが公表されれば、退社に応ずる社員が雪崩を打つと？」

「間違いなく、そうなります」

村雨は断言すると続けた。

「もちろん、退社に応じた社員の中から、志願者を募るという手もあるのですが、果たして応じる人間がいるかどうか……」

「なぜです？　トミタ最後のガソリン車を造るプロジェクトですよ？　彼らだって止むに止ま

れず辞めていくわけですし、在籍したまま新型エンペラーの開発に従事できるとなれば、志願者は少なからず出てくるのでは？」

「戸倉さん……。造ろうとしているのは、最後のガソリン車ですよ。プロジェクトが終了すればチームは解散。トミタに次の職場はないのですよ」

戸倉ははっとしたように小さく目を見開くと、今度は一転、眉《まゆ》を顰《ひそ》め不快感を露《あら》わにする。

「すると、私には戻る場所がある。このプロジェクトが終了しても困ることはない。だから、この仕事を任せるには打ってつけの人間だと、そうお考えになったわけですか？」

「それは違います。戸倉さんの卓越した技術、車造りに賭《か》ける情熱を信じているからお願いに上がったのです」

村雨は、慌てて否定した。「費用対効果、つまり経営的見地から、Ｆ１からの撤退を決断したのは私です。エンジン供給のオファーを断ったのも私です。それもエンジンを供給し続けることで生ずるメリット、デメリットを慎重、かつ冷静に分析した上で、全てのＦ１事業からの撤退を決断したのです」

黙って話に聞き入る戸倉に、村雨は続けた。

「もちろん、エンジンの供給だけに絞れば、メリットとなる部分も多々あったことは事実です。しかし、それでもオファーを断った最大の理由は、戸倉さん、あなたが会社をお辞めになったからなんです」

「えっ……」

戸倉は虚を突かれたように小さく漏らす。

「そりゃそうですよ。トミタがＦ１への参戦を決めてから、エンジン、車体、部品に至るまで、開発の総指揮を執ってきたのは戸倉さんじゃありませんか。トミタのＦ１マシンは、全て戸倉さんの作品なんですよ。戸倉さんが去った現場で造ったエンジンが、果たして供給先の期待に応《こた》えられる代物になると思いますか？」

「そ、それは……」

「できない」と自らこたえるのは傲慢《ごうまん》に過ぎる。言葉に詰まったのは、そんな心情の表れだろう。

そこで、村雨はビジネスを引き合いに出し、話を続けることにした。

「供給を受ける側だって、応分の対価を支払うんです。それも、極めて高額な対価をですよ。当然、供給するからには、対価に見合うエンジンを造らなければなりません。しかも、カスタマーチームは、複数のエンジン供給元と契約を結ぶことはありません。トミタが供給に応ずれば、最低でもワンシーズンは使い続けることになるのです」

「確かに……」

「しかも、レースの日程は決まっていますから、納期は厳守。期待に応えられるエンジンができなければ、スポンサーが離れていきますから、チームの存続だって危うくなる。そして、勝てないエンジンを供給したトミタの評価は地に落ちてしまうことになるんです」

テーブルの一点を見詰め、微動だにしないでいる戸倉に向かって、村雨はきっぱりといい切った。

「だから、私はエンジン供給のオファーを断ったんです。戸倉さんがトミタをお辞めになってしまったからには、供給先の期待に応えるエンジンを開発するのは難しい。リスクが大きすぎると……」

「そこまで、私を買って下さっていたんですか……」

戸倉は、村雨の言葉を噛《か》みしめるかのように漏らした。

「トミタを辞めたことを知った他のチームが、戸倉さんを招聘《しょうへい》しようとしたのは存じております。松浦さんにも、同様の話が持ち込まれたことも……。でも、お二人とも、それを断られましたよね、それはなぜですか？」

「そ、それは……」

「佐村君の事故死が理由なんでしょう？」

口籠《くちご》もる戸倉に村雨はいった。「何年間もシーズン中は文字通り寝食を共にし、苦楽を共にしたのですからね。お二人にとって佐村君は、実の息子同然の存在であったのでしょう。その佐村君が非業の死を遂げてしまったのを目の当たりにしたことで、二度とＦ１の世界には関わりたくない。そんな思いを抱かれたのではありませんか？」

二人の間に、沈黙が生まれた。

どれほど経ったのだろう。

「そこは、社長がおっしゃる通りですね……」

やがて戸倉が口を開いた。「ヨシは我々二人にとって、実の息子同然の存在でした。かつてに比べれば、マシンの安全性は格段に向上したとはいっても、Ｆ１の世界では死亡事故はまま起こります。だからヨシも我々も、万が一のことは起こり得ると覚悟していたつもりだったのですが、いざそれが現実となると、さすがに……」

口籠もる戸倉に村雨は再度問うた。

「でも先ほど、魅力を感じないといえば嘘になるとおっしゃったからには、車造りへの情熱は、いまだ持ち続けておられるわけですよね」

「好きで進んだ道ですのでね……」

村雨は頷《うなず》くと、話を進めた。

「スピリチュアルな話は苦手なのですが、トミタが製造する最後のガソリン車のプロジェクトに、私が是非加わって欲しいと切望している方々が、佐村君と深い絆《きずな》で結ばれていたのは、私には偶然とは思えないのです」

「ヨシが導いているとでも？」

「そうは思われませんか？」

村雨は戸倉の視線をしっかと捉え、同意を促した。「自動車レースの最高峰、Ｆ１のメカニックの世界で活躍なさった戸倉さん。最高峰の舞台でトミタのマシンを駆って活躍した佐村君。そして彼の交際相手だった篠宮さん。まるで、佐村君がトミタ最後のガソリン車を二人の手で造れと、導いているように私には思えるのですが？」

「確かに、偶然の一言では片づけられないものがありますね……」

戸倉もまた感ずるものがあるらしく、感慨深げにいう。「そもそも、凛ちゃんがガルバルディで働いていなければ、ヨシも最愛の人に出会うことは無かったんですからね。社長を前にこんなことをいうのは気がひけるんですが、ヨシはガルバルディが憧《あこが》れの車で……」

「そのことは、松浦さんから聞きました」

村雨はクスリと笑った。

「プライベートとビジネスは別ですからね。トミタのマシンに乗っている間は、プライベートでも他社の車に乗ることはできませんが、それはあくまでも契約上の話ですのでね。それに、正直なところ、私だって欲しいですよ。ガルバルディ……」

「二人が最初に出会ったのはモンツァだったんですが、彼女がガルバルディで働いていることを知った途端、ヨシが是非、工場を見学したいと申し出たんです。後にして思うと本音半分、残る半分は、凛ちゃんに一目惚《ぼ》れしてしまったんでしょうけどね……」

戸倉は遠い記憶を思い出したかのように、懐かしげにいう。

「その佐村君が好きだったガルバルディで、篠宮さんは車造り、それも超高級車製造のノウハウを学ばれた。このプロジェクトのリーダーになってくだされば、きっと後世に残る最後のエンペラーを造ってくださると、私は確信しているのです」

戸倉は、ふうっと息をつき、腕組みをして瞑目《めいもく》する。

悪い兆候であろうはずがない。

ここに至ってもなお、申し出を断るつもりなら、考える必要などないはずだからだ。

村雨は息を凝らして戸倉の言葉を待った。

「分かりました。お受けいたしましょう」

やがて戸倉は目を開き、力の籠もった声でいった。

「ありがとうございます！」

頭を下げた村雨の頭上から、

「ただし、条件があります」

戸倉の声が聞こえた。

頭を上げた村雨に、戸倉は続けた。

「条件は二つあります。一つは、凛ちゃんがプロジェクトリーダーに就任することを承諾すること。もう一つは、エンジンを含めてメカを担当するチームの人選は私に任せていただくことです」

受諾か拒否か、凛からはまだ返事がないが、メカを担当するチームの人選を任せて欲しいというのは、村雨にとって願ってもない申し出だった。

「分かりました。人選は全て、戸倉さんに一任いたしますが、そうおっしゃるところをみると、心当たりがおありになるのですね？」

村雨が訊《たず》ねると、

「トミタは優秀なエンジニアの宝庫ですので……」

戸倉は、含み笑いを浮かべながらこたえる。

「えっ？」

社内事情は説明したはずである。

戸倉がいわんとしていることが俄には理解できず、村雨は間の抜けた声を上げた。

「引退したって、エンジニアは一旦身につけた知識や技術を忘れはしませんからね。それこそ〝雀百まで踊りを忘れず〟ってやつですよ」

「なるほど、ＯＢの中から、これぞという人材を招聘しようというわけですか」

「定年なんてものがなければ、それこそ生涯現役。体が健康なうちは車造りに携わりたいと、後ろ髪を引かれる思いで退社していった人間は少なからずいますのでね。実際、Ｆ１を担当する以前の職場で、私が入社した当時に指導を受けた先輩の中にも、優秀なエンジニアはたくさんいました。声を掛ければ、喜んで馳《は》せ参じると思いますよ」

定年制度は、人材の流動性を担保するという観点からも必要不可欠な制度だ。

しかし、年齢で会社を去らざるを得ない社員にしてみれば、制度に従うのは当然と頭では理解できても、男女共に平均寿命が八十歳を超える時代に、六十五歳はまだ十分働くことが可能な年齢である。仕事に対する熱意、情熱、そして知識や技術を持っていても、会社を去らざるを得ないのだから、釈然としない思いを抱いたとしても不思議ではない。

そんな村雨の内心を察したものか、戸倉はすかさずいう。

「リストラされたわけじゃありませんし、そもそも定年年齢に達したら辞めなきゃならないのは承知の上でトミタに入社したのです。でも、車造りに賭けた情熱は、定年を迎えた後も胸の中で燻《くすぶ》り続けている。その熱の持って行き場がなくて、悶々《もんもん》としている人間だっているはずなんです」

「いくらかつてトミタにいたからといっても、定年退職した技術者が新型車の開発に携わるチャンスは皆無でしょうからねえ」

「まして、トミタ最後のガソリン車となれば、なおさらですよ」

戸倉は、そこで苦々し気というか、寂し気というか、複雑な表情を浮かべると、話を続けた。

「$CO_2$の排出削減は、急務の課題です。だから、製造車種を全面的にＥＶに切り替えるのは分かります。ですが、トミタのエンジニアは、入社以来ガソリンエンジン車の開発に従事してきたんです。$CO_2$だけではありません。他の有害物質をいかにして減らすか。燃費の向上も含めて、環境に優しい車の開発に心血を注いできたんです。エンジニア人生の全てを懸けて開発してきた技術が終焉《しゅうえん》を迎えようとしていることを、頭では理解できても、残念に思っているはずなんです」

「もっともだと思いますが、こればかりは時代の趨勢《すうせい》というもので――」

「いや、環境面だけではなく、経営的見地からいっても、ＥＶへ舵《かじ》を切るのは絶対的に正しいんです。私が申し上げたいのは、ガソリン車の開発に携わってきた者たちの、感情の部分のことでして」

戸倉は、村雨の言葉を強い口調で遮ると、一転ぽつりと漏らした。「けじめをつけるという意味でも、いい機会になるんじゃないかと……」

「けじめ……ですか？」

「これが、最後のガソリンエンジン車の開発プロジェクトになる。端《はな》からそう分かっていれば、泣いても笑っても自分のエンジニアとしての最後の仕事、文字通り集大成といえる仕事にしようと思って、持てる知識、技術をフルに活用して必死で取り組みますよ。燻り続けていた車造りへの情熱も完全燃焼。新しい時代の到来を、すがすがしい思いで迎えられるんじゃないでしょうか」

なるほど、戸倉のいう通りだ。

戸倉が承諾してくれたことに加え、プロジェクトメンバーにも目処がつきそうなことに村雨は安堵《あんど》したのだったが、ふと戸倉金属加工の今後が気になった。

「戸倉さん、新型エンペラーの開発には、フルタイムで従事していただくことになりますが、会社の方は大丈夫なんでしょうか？」

「その点は、ご心配なく」

戸倉は苦笑しながら、即座に返してきた。「専務なんて肩書きを貰《もら》ってはいますけど、正直いって肩身が狭い思いをしてましてね」

「肩身が狭い？」

「大企業の中で昇進を重ねて役員、社長になった方には、お分かりにならないかもしれませんが、うちは長兄が社長、弟が副社長という典型的な同族会社です。他所《よそ》の会社に長年勤めていた人間がある日突然やってきて、社長の兄弟だからっていきなり専務になったら、社員はどう思います？」

「どう思いますって……世間にはよくある話じゃないですか。実際、大手企業には、〝預かり社員〟は当たり前にいますし、うちにだって相当数いますけど？」

『預かり社員』とは、主に取引先の会社の後継者を修業目的で採用した社員のことである。入社後は正社員として勤務するのだが、ほとんどは数年を経たあたりで退社し、実家が経営する会社に転じていくことになる。

「預かり社員は、大企業で組織のあり方や仕事のイロハを学び、社外に人脈を作り、他人の釜《かま》の飯を食うことで外の世界の厳しさを知るという、それこそ後継者になるための修業ですが、私は好きなことがやりたくてトミタに職を求めたんです」

「トミタで身につけた知識や経験は、この会社でも立派に役立つはずですし、戦力にもなっているると思いますが？」

「うちにだって大卒で入社して、定年まで勤め上げる社員が大勢いるんですよ。社長にはなれなくとも、少しでも高い地位に就きたいと、日々仕事に取り組んでいるんです」

「でもね、戸倉さん。努力と結果は別物じゃありませんか。会社組織における昇進は、次の上位職を任せるに値する実績と能力が認められて、はじめて可能になるんです。それにいまや、大企業の社長ですら外部に人材を求める時代なんですよ。何も、そんなことを気になさらなくとも……」

「もちろん、うちの社員は、この会社が同族経営だと承知の上で入社してきていますよ。でもね、やっぱり思いは複雑でしょうね」

戸倉は、内心の忸怩《じくじ》たる思いを吐き出すようにいう。「社員のモチベーションにも悪影響を及ぼすと思うんですよねえ……。社長だって我が身に置き換えてみれば、同じ思いを抱かれますよ。だってそうじゃないですか。いくら頑張っても家老止まり。絶対に一国一城の主《あるじ》にはなれないんですよ」

なるほど、戸倉のいう通りかもしれない。

「トミタもかつては同族経営の会社でしたけど、私が課長になる少し前に、創業家は経営から一切手を引きましたからね。あのままの体制が続いていたら、今の私はなかったわけだし、専務か副社長が上がりのポジションと端から分かっていたら、仕事への取り組み方も違っていたかもしれませんね」

「でしょう？　同族経営だった頃は、後継者は銀行や商社、あるいは鉄鋼会社で数年間、預かり社員として勤務して、トミタに入社してきたそうですよね。さすがに最初から役員とはいかないまでも、いきなり部長クラスの役職に就いたと聞いたことがあります」

「いくら後継者とはいえ、それじゃあ釈然としませんよね……」

「今では、会社は株主のものと、当たり前のようにいわれますけど、私は違うと思うんですよ。会社は株主のものではない。まして創業家のものでもない。社員のもの。社員がいてこその会社だと私は思うんです」

中小企業とはいえ、己の恵まれた環境に胡座《あぐら》をかくことなく、周囲の人間に気を遣う戸倉の姿が、村雨には殊の外好ましく思えた。そして、だからこそＦ１の世界で、トミタのマシンを、世界の強豪チームを相手に伍《ご》して戦えるだけの性能に仕上げることができたのだと、改めて思った。

## 2

ガルバルディの本社は、ミラノ郊外の小さな村にある。

濃緑の葉を宿した木々が密生する森の中を走る一本道を抜けると、突如視界が開け、大きな池の対岸に、ガラス張りの三階建ての社屋が現れる。

凛は長年乗り続けているイタリア車を駐車場の所定の場所に停めた。

ガルバルディに乗りたいのは山々だが、あまりにも高額過ぎてとても手が届かない。だから、社員はもれなく他社のイタリア車で通勤している。

凛の愛車は、ガルバルディに職を得たのと同時に購入した、深紅のセダンだ。駐車場に停めてある車の中でも一際古さが目立つ代物だが、手放せないのには理由があった。

佐村との思い出が詰まった車だからだ。

シーズンが終了しても、F1レーサーの日常は忙《せわ》しない。

佐村もその例に漏れず、日本に帰国して来季に備えてのミーティングやイベントに顔を出し、新しいマシンが完成すれば欧州に戻ってのテストと、忙しい日々が続いた。とはいえ忙中閑あり。まとまった休暇を必ず設け、引退後に居を構えると決めていたモナコや、あるいは凛の住まいに滞在し、二人きりの時間を過ごした。

その際には、この車を佐村が運転して、毎日凛を職場に送迎し、休日にはピクニックや小旅行にも出かけたりしたのだった。

車を降りた凛は、駐車場から社屋に向かって歩いた。

一階はショールームと来客用の応接コーナーになっており、その二つを分ける形で、二階に続く広い階段が設けられてある。

その階段を上って三階に上がると、凛はガルバルディのオーナーにしてCEOを務める、ルイジ・ガルバルディの部屋に向かった。

「おはよう、ルイジ。今日はとてもいい天気ですね」

社長室の外に面した部分は、天井から床に至るまで全面ガラス張りとなっており、そこから

差し込む朝の日差しを浴びながら、

「おはよう、リン。美しい朝だね」

ルイジは執務席から立ち上がり、凛に歩み寄る。

そして、右、左と頬を寄せ合い、挨拶《あいさつ》を交わし終えたところで、

「そこに掛けなさい。話とやらを聞こうじゃないか」

ルイジは部屋の中央に置かれたソファーを目で指した。

凛が腰を下ろすと、

「その前に、エスプレッソでいいかな？」

ルイジは立ったまま問うてきた。

「ええ、お願いします……」

「ＯＫ」

ルイジの部屋にはエスプレッソマシンが常設されており、この部屋を訪れた人間には、来客、部下の如何《いかん》を問わず、自ら淹《い》れたエスプレッソを供するのが常である。

やがて、豊かな香りが立ち上るエスプレッソを両手に持ったルイジは、こちらまで歩み寄ってくると、

「さて、どんな話かな？」

凛の前にカップを置き、ソファーに腰を下ろして高く足を組んだ。

「実は、トミタが新型高級車の開発を計画しておりまして、プロジェクトマネージャーに就任してくれないかと、オファーがあったのです……」

凛は率直に切り出した。

「ほう、トミタが新型高級車を？」

「ええ……」

凛がオファーの内容を話して聞かせると、

「なるほど、最後のガソリンエンジン車か……」

意外にもルイジは、どこか感慨深げな反応を示す。

自動車造りのノウハウは、全てガルバルディで学んだ。その凛が、トミタに転じ、新型高級車の開発の総指揮を執る。それはガルバルディの車造りのノウハウが、トミタに流出することを意味する。

てっきり難色を示すと思っていたのだが、ルイジの表情からは、そんな様子は微塵《みじん》も窺えない。

「まだ公になっていないトミタの構想を、事前にルイジに話すのは、商道徳に反する行為かもしれませんが、こんなオファーが舞い込んだのも、ここで車造りを学ぶ機会をルイジが与えて下さったからです。オファーの内容をお話しした上で、許可を得るのが筋だと思いまして……」

「いかにも日本人らしい考え方だね」

ルイジは目を細め、エスプレッソに口をつける。「好条件のオファーが舞い込めば、普通は喜んで馳せ参じるものだ。しかもトミタのような世界トップクラスの大会社からとなればなおさらだ。でも、こういう日本人のあり方は、私は好きだだね」

そこでルイジは、小さなカップをテーブルの上に置くと、

「で、何だって？　トミタは製造車種を全面的にＥＶに切り替えるに当たって、最後のガソリン車に相応《ふさわ》しい超高級車を開発しようと計画しているんだって？」

凛が説明した内容を再確認する。

黙って頷いた凛に、

「いよいよ、そういう時代が来てしまったんだねえ……」

ルイジは、まるで諦観《ていかん》しているかのように漏らした。

「どういうことです？」

「業界挙げての脱ガソリンエンジン、ＥＶへの全面移行は、我が社にとっても深刻な問題だからだよ」

ルイジは真剣な眼差しで凛を見詰め、続ける。

「この際だから本音を明かすが、果たしてＥＶの時代が本格的に到来したら、うちは生き残ることができるのか、ＥＶの製造に乗り出したとしても、ガルバルディの名を冠するのに耐える車を造り続けられるのかと、この数年ずっと思案してきたんだ」

「ルイジが？　世界レベルの富裕層に限定されるとはいえ、これだけ愛され、憧れられる車を造り続けてきたのに？」

「じゃあ一つ訊《き》くが、ガルバルディの最大の魅力はどこにあると思う？」

「そりゃあ、第一に生産台数が極めて少ないという点でしょうね。ステータスシンボルにもなりますし、所有欲も満たされる。つまり、黎明期《れいめいき》の自動車の価値を、今の時代に至っても保持

し続けている、唯一の車だからです」

ルイジは、「ほう」というように、片眉を上げ、訊ねてきた。

「それはどういうことかね？」

「登場した当初の自動車は大変高価で、一般庶民にとって所有するのは夢のまた夢。憧れの存在だったわけです。時代が変わってもなお、一般庶民のガルバルディに抱くイメージは、当時のままですからね。高級車にカテゴライズされる車は数あれど、そんな車は他にありませんもの。要は量産車には到底再現できない手仕事感、職人の技が今も変わらず感じられるんです」

「そうだね。内装には細部に至るまで熟練の技がふんだんに生かされているし、外観もクラシックな要素を色濃く残してある。そして、何よりもエンジンだ。お世辞にも燃費はいいとはいえないが、特にスポーツカータイプのエンジンサウンドは独特だしね」

ガルバルディはスポーツカーと超高級車、二つの車種に製造を特化している。

創業当時の自動車は高額で、庶民にはどこのメーカーのものでも〝高級車〟であったのだが、欧米で大量生産がはじまり、販売価格が低下するにつれ、総販売台数に占める高級車の割合は徐々に低下していった。

大量生産を行うためには、工場の大規模化のみならず、各種部品の調達体制や販売網と、所謂《いわゆる》サプライチェーンの確立が必須《ひっす》である。当然、莫大な資金が必要となるわけだが、当時のガルバルディには、それだけの資金を調達する能力はなかった。加えて、イタリアの工業力は脆弱《ぜいじゃく》で、欧米先進国の自動車メーカーと伍して戦うことは不可能だったという事情もある。

それに、量産化によって可能になるコストダウンは、生産工程に携わる人間をどれだけ減らせるかと同義だといっていい。

しかし、それはガルバルディの最大の強みであり魅力であった、職人の技を放棄することを意味する。

そこでガルバルディが打ち出した戦略は、大衆車市場への進出を諦《あきら》め、富裕層をターゲットとする超高級車の製造に特化することだった。

市場は極めて小さく、販売台数も僅かだが、その代わり工場設備は現状のままで十分やれる。当然価格は高額になるものの、希少性は人間の所有欲を掻《か》きたてる。価格に見合う車を造り、客を満足させることができれば必ず売れる。つまり逆転の発想をもって現在の地位を確立したのだった。

ルイジは、そこで改めて凛を真剣な眼差しで見据えると、話を続ける。

「私がＥＶの時代の到来に、不安を抱いている要素は二つあってね。一つは、ＥＶではエンジンサウンド、音で魅力を出すことができなくなってしまうこと。もう一つは、仮にガソリンエンジン車の製造を続けても、燃料供給のインフラがなくなってしまうこと。つまり、使うに使えない代物になってしまうことなんだ」

全くその通り……。

頷いた凛にルイジはさらにいう。

「高級セダンだろうが、スポーツカーだろうが、ＥＶはモーターで走る。ガソリン車のようにエンジンに個性を持たせることはできないし、そもそもエンジン音だってない」

「それに、大手メーカー全社が製造車種を全てＥＶに一本化すると明言していますのでね。全てのメーカーがガソリンエンジン車の製造から撤退すれば、ユーザーはEVを買うしかありません。おっしゃるように、ガソリンの需要は激減。スタンドの廃業が相次ぐにつれ、燃料の入手は困難になる。かくして、EVの普及にはますます拍車がかかる……」

凛が二つ目の要素について先回りすると、

「となるとだ、ガルバルディもEVの製造に乗り出さざるを得なくなるわけだが、自社開発に莫大な資金と多くの技術者が必要なバッテリー、性能差がほとんどないモーター、少なくともこの二つは、外部からの調達を余儀なくされることになるだろう。内装や外観で独自色を出せるとしても、そんなものがガルバルディの車だといえるかね？　ユーザーが、そんな車に価値を見いだしてくれると思うかね？」

ルイジは、結論は明らかだといわんばかりに、自ら小さく首を振る。

凛は、何と返したものか言葉に窮した。

肯定すれば、ガルバルディはEV時代の到来とともに消えゆく運命にあるというのも同然だ。かといって、否定するだけの理由も思いつかない。

「実はEVに関しては、私自身も以前から研究を重ねてきていてね」

黙ってしまった凛に向かってルイジはいう。

「よく、EVは車というより、走るコンピュータだといわれるが、全くその通りなんだ。時々のIT技術を満載した車が次々に現れることになるだろうし、そう遠くない将来、完全自動運転も実用化されるだろう。しかしガルバルディには、そんな技術を独自で開発する人的資源も資金もない。この部分もまた、外部の力に頼らなければ、競合他社と同じ土俵に立つことすらできないんだ」

ルイジの言葉に怒りが籠もっているように感ずるのは、気のせいではあるまい。

もちろん、今でも外部から調達している部品は多々ある。しかし、エンジン、ボディ、シャーシといった根幹部分は全て、熟練のエンジニアや職人たちの手によって自社で開発し、製造された物を使っている。それが、ガルバルディが世界の富裕層から高い評価を受け、愛されてきた所以《ゆえん》なのだ。

「歴史は繰り返すとはよくいったものでね。現在の状況は、自動車産業が誕生した当時と、全く同じなんだな」

ますます言葉に窮し、口を閉ざしてしまった凛に向かって、ルイジはいう。「自動車産業の黎明期には、これから生まれる未開拓にして巨大な市場を我が手に収めんと、大変な数のメーカーが開発を競ったそうだが、EVもまた同じ。中国に至っては大小千を超える会社やベンチャーが、EVの開発を進めているというからね」

もちろん、数多《あまた》のベンチャーや既存の自動車メーカーが入り乱れて、EVの開発に鎬《しのぎ》を削っているのは凛も承知していたが、具体的な数字ははじめて聞く。

「せ・ん……ですか？」

思わず問い返した凛に向かって、

「とはいえ、あくまでも今のところはの話でね、撤退あるいは吸収、合併を繰り返しながら、妥当な数に落ち着くのは間違いないのだが、ただ一つガソリン車の時とは異なる点がある。それは、ほとんどのメーカーがモーターやバッテリー、その他の部品の大半を外部ベンダーから調達するということなんだ。どこのベンダーが造ったものであろうと、性能に大差はない。システムにしたってまた同じ。その時々に最も優れている部品やシステムを搭載した車を造るメーカーが続々と現れれば、ユーザーは何を基準にして車を選ぶと思う？」

「間違いなく、価格でしょうね」

「その通り」

　ルイジは顔の前に人差し指を立てると、続けて問うてきた。

「じゃあ聞くが、その時、最も優位性のある、つまり安い販売価格を提示できるのは、どこの国のメーカーになると思うかね？」

「それはやっぱり、中国でしょうね」

　凛は、躊躇することなく即答した。

　国の人口は市場規模そのものだ。十四億人の国民を抱える中国は、あらゆる産業において世界最大の市場。そして共産党の一党独裁政権であり、法ですら朝令暮改が当たり前の国である。国産ＥＶの普及を目的に、中国メーカーに限って優遇策を打ち出すことは十分あり得ることだし、何より、性能を大きく左右するバッテリーは、今のところ中国製が最も優れた性能を持つとされている。

　しかも、バッテリーの製造に必要不可欠な希少金属は中国が牛耳っており、人件費もまだまだ安価とあっては、こと製造コストという点において、他国のメーカーが太刀打ちできるわけがないのだ。

「考えられるかね？　ガルバルディのＥＶに中国製のバッテリーを搭載するなんて。そんな車がガルバルディと呼べると思うかね？」

ルイジのいわんとしていることは、もちろん理解できる。

中国に偏見を持っているわけではない。

一貫してイタリア職人の匠の技を結集した車造りを続けてきたイタリア人経営者としての矜持《きょうじ》が、そういわせているだけなのだ。

「でも、ガソリンエンジン車の終焉がもはや避けられないからには、ＥＶ市場に乗り出す以外、やはり生き残る道はないと思いますが？」

「だから憂い、悩んでいるんだよ……」

ルイジは苦しげに漏らした。「ＥＶの時代を迎えても、どうしたらガルバルディがガルバルディたり得る車を造っていけるかとね……」

ルイジですらこたえを見いだせずにいる命題に、そう簡単に妙案が思いつくわけがない。

重苦しい沈黙から逃れるように、凛はエスプレッソを口に含んだ。

「ねえ、リン……」

沈黙を破ったのはルイジだった。

「なんでしょう」

「君がトミタのオファーを受けることに、私は反対しないよ。トミタの考えは理解できるし、とても価値のあることだと思うしね。できることなら、そんな車をガルバルディが手がけてみたいと思うほどにね……」

話には、まだ先がありそうだ。

凛はルイジの次の言葉を待つことにした。

果たしてルイジは続ける。

「だから、リンがここで身につけた車造りのノウハウを、トミタでフルに活用しても構わない。いや、是非そうすべきだと思う……」

ルイジは短い間を置くと、続けていった。

「そこで相談なんだが、その新型高級車の開発に、ガルバルディも加わらせてもらうことはできないだろうか」

これには、凛も心底驚き、

「新型エンペラーの開発にガルバルディが？」

思わず身を乗り出した。

「君がプロジェクトマネージャーとして指揮を執れば、トミタの新型車はガルバルディの車造りのノウハウが生かされたものになるはずだ。でもね、はっきりいって、どれほど価値のある車ができたとしても、トミタオリジナルでは、うちの車を好んで買うような、世界の富裕層は全く関心を示さないと思うよ」

その理由は改めて訊ねるまでもない。

「それはいえているかもしれませんね……。村雨社長は、今回開発するエンペラーはガソリンエンジン車のモニュメントになるだけでなく、ビジネスとして十分成り立つ車にするとおっしゃっていましたけど、トミタといえば大衆車というイメージが染みついていますからね」

「その点、ガルバルディが開発に加われば、話が違ってくるだろ？」

「ガルバルディは超高級車の代名詞ですからね、そりゃあインパクトがありますよ」

すかさず返した凛だったが、

「いや、そんな漠としたものではなく、もっと大きなメリットがあるからいってるんだ」

意外にもルイジはいう。

「もっと大きなメリット？」

「顧客リストだよ」

ルイジの言葉を聞いて、凛は「あっ」と声を上げそうになった。

ガルバルディは、もれなく受注生産である。しかも創業以来、この方針を貫いてきたのだ。生産台数が極めて少ないとはいえ、リストに名を連ねる顧客は相当な数になるはずで、しかもその全てが世界の富裕層である。

凛の反応に満足するかのように、ルイジは自慢気に小鼻を膨らませると、

「トミタ車の性能は折り紙付きだ。世界初のＨＶをリリースした時には、世界中のセレブが先を争って購入したものだったからね。とはいえ、あれはあくまでも環境問題に高い関心を持っていることを世間にアピールするのが目的だ。実際、公の場に出る際にはトミタ車に乗って現れたが、プライベートでは全く違う車を使っていたからね」

その先はいわずとも分かるなとばかりに、ルイジは両眉を吊り上げる。

「つまり、高品質は万人が認めるところだけど、世界の高級車市場では、逆にトミタのブランドイメージが、富裕層の購買意欲を削いでしまうとおっしゃるわけですね」

「ブランドイメージというのはそういうものだよ」

ルイジは断言すると、続ける。

「そして、一旦定着してしまうと、覆すのが容易ではないのもブランドイメージというものでね。イメージを変えるには、莫大な費用と長い年月を要するだけじゃないんだよ。従来世に送り出してきた車のラインナップを全面的に変え、さらにそのイメージを市場に浸透させ、固定しなければならないんだ。とどのつまり、経営方針を根底から変えないことには、なし得ないものなんだよ。そんなことを、トミタができると思うかね？」

「できません。不可能です」

凛は、即座に断言した。

「だが、そこにガルバルディの名前が加われば状況は一変する。信頼性、耐久性に優れ、品質の点では折り紙付きのトミタ車に、超高級車を造り続けてきたガルバルディのノウハウが加わったとなれば、世界の富裕層の耳目を惹《ひ》くのは間違いないね」

反論の余地などあろうはずがない。

販売戦略の立案は、本来開発担当者の任務ではないが、トミタとガルバルディのコラボをファッション業界に喩《たと》えれば、ユニクロとヴィトンが共同で新商品を開発するようなものだ。そのインパクトは計り知れないものがあるし、ガルバルディの顧客名簿が使えるとなれば、世界の富裕層を狙い打ちすることができる。ルイジの考えは絶対的に正しい。

「分かりました。この件は、早々に村雨社長に打診してみます」

凛は、躊躇することなく即答した。

「トミタが車造りで培った技術を全て注ぎ込み、内装には日本の伝統技術の粋を集めるというコンセプトは理解できるが、イタリアの伝統技術、匠の技だって捨てたもんじゃないからね。プレタポルテというならば、選択肢は多いに越したことはない。その点でもガルバルディは十分力になれると思うが？」

「おっしゃる通りです……」

凛は頷きながらこたえたのだったが、ルイジの話はそこで終わらなかった。

「それと、もう一つ。このオファーをリンが引き受けるのなら、考えておいて欲しいことがある」

「考えておいて欲しいこと？」

ルイジは再び真剣な眼差しで凛を見詰め、

「新型エンペラーの開発が無事終了し、ビジネスとしても成功を収めた後のことだ」

そう前置きすると、驚くべき計画を話しはじめた。

3

「君の耳にも入っているとは思うが、早期退職制度の内容が決まってね。来週開かれる役員会で承認が得られ次第、ただちに公表することになるよ」

前回と同じイタリアンレストランで、正面の席に座る壇に向かって村雨は告げた。

壇と二人きりで会うのは、三ヶ月ぶりである。

この間、村雨はガソリンエンジン車の技術開発部門をはじめ、製造車種をＥＶに特化するに当たって不要になる部門のリストラ案の作成、および新型エンペラーの開発に向けての準備に忙殺される日々を過ごしてきた。

その二つの懸案事項にもようやく目処がついた今、いよいよ壇の社長就任に向けて本格的に動き出すべく、会合を持つことにしたのだった。

「そうですか……。ついにその時が来てしまったんですね……」

ＥＶを専門としていても、創業以来の事業がいよいよ終焉を迎えるとなると、さすがに複雑な気持ちを抱くのだろう。

壇は何ともいえない表情を浮かべ、声を沈ませる。

「パッケージの内容は、当該部署の社員諸君にも十分納得してもらえるものになったと思うが、定年でさえ後ろ髪を引かれる思いで退職していく社員も多々いるだろうに、今回は会社の都合だからね……」

「職業観、人生観は人それぞれです。会社が最大限の誠意を見せても、納得しない社員は少なからず出てくるでしょうね……」

「もちろんだ」

相槌《あいづち》を打った村雨だったが、「だがね、製造車種を全てＥＶに切り替えると決定したからには、トミタにはガソリンエンジンの開発に従事していた社員の居場所はないんだ」

経営者として持つべき覚悟を暗に壇に知らしめるべく、敢《あ》えて強い口調でいった。

「時代の流れとはいえ、社員たちに瑕疵《かし》があるわけでもないのに、何とも残酷な話ですね……」

それでも壇は重い息を吐き、苦しそうな表情になって視線を落とす。

「もちろん人事部任せにするつもりはない。説明、説得が必要ならば、私も前面に立って対応するよ。自分の決断で生じたことの後始末を、後任に委《ゆだ》ねるのは酷というものだからね」

「後任」が誰を指しているのかはいうまでもないのだが、さすがに壇は、どんな反応を示したらいいのか、困惑した様子で黙ってしまう。

「だから、君が新社長に就任するのは、この問題が一区切りついてからということになる」

「はい……」

壇は、すっかり恐縮した様子で頭を下げる。

「ところで、例の新型エンペラーの件だがね。プロジェクトリーダーとメカ担当には目処がつきつつあるんだが、全く想定していなかった方向に進みそうでね」

村雨は、いよいよ本題を切り出した。

「と、おっしゃいますと？」

「君、ガルバルディを知ってるよね」

「もちろんです。幻の車と称される、イタリアの超高級車じゃないですか」

「そのガルバルディが、新型エンペラーの開発に加わりたいといってきたんだ」

これには壇も驚愕《きょうがく》し、

「ガルバルディが？　どうしてまた？」

目を丸くして身を乗り出してきた。

「実は最初に、Ｆ１のチームマネージャーをやっていた松浦さんに、プロジェクトマネージャーに就任してくれないかと打診したんだが、断られてしまってね。その場で、ガルバルディに勤務している篠宮凛さんという女性を推薦されたんだ」

それから村雨は、凛がガルバルディで働くことになった経緯、佐村との関係を壇に話して聞かせ、

「結論からいうと、篠宮さんはプロジェクトマネージャーを引き受けてくれたのだが、条件を出してきてね」

テーブルの上に置かれたグラスを持ち上げ、食前酒のシェリーで口を湿らした。

「ガルバルディを新型エンペラーの開発に参加させろと？」

先回りする壇に、

「聞いてみれば、彼女のいうことはもっともでね」

村雨が凛を通じて聞かされた、ブランドイメージに対するルイジの指摘を話すと、これには壇も納得せざるを得なかったと見えて、

「確かに、そうかもしれませんね……。ブランドイメージというのは、確立するのも大変ですが、一旦定着してしまうと、今度は覆すのが極めて難しくなるものですからね」

口をへの字に結びながらも、何度も頷く。

「その点、ガルバルディとのコラボとなると、話は全然違ってくると篠宮さんはいうんだよ」

「ガルバルディは富裕層にとっても垂涎《すいぜん》の的、高級車の中の超高級車ですからね。大衆車とはいえ世界市場で高い評価を得ているトミタと、ガルバルディのコラボとなれば、大変な話題になりますし、世界の富裕層の耳目を惹くでしょうね」

「耳目を惹くだけじゃない。新型エンペラーの販売促進にも、絶大な効果が見込めるんだよ」

「それは、どういうことでしょう?」

「ガルバルディが持っている顧客リストだ……」

その言葉を聞いた瞬間、壇は「えっ」というように、口を小さく開くと、

「まさか、そのリストを使わせてくれると?」

耳を疑うとばかりに、問うてきた。

まるで、凛からその話を聞かされた時の自分の反応を見る思いをしながら、

「その、まさかなんだ」

村雨はいった。「ガルバルディが開発に加わった新型エンペラーが完成した暁には、リストに名を連ねる顧客にセールスをかければ、広告なんか打つ必要はない。購入が見込める客をピンポイントで狙えるといってきたんだ」

「しかし、なんでまたガルバルディが、そんなことを?」

当然の疑問である。

事実、同じ質問を村雨も凛に発した。

「篠宮さんというのは、イタリアでの暮らしが長いのに、実に日本人的な一面を持っていてね。トミタのオファーを受ければ、自分はガルバルディで身につけた車造りのノウハウをフルに使って新型エンペラーの開発に取り組むことになる。それはガルバルディのノウハウをトミタに明かしてしまうことになるというんだな」

「う〜ん」

壇は腕組みをして唸《うな》ると、「難しい問題ですね……。彼女が指揮を執るとなると、ガルバル

ディは技術やノウハウの流出を懸念するでしょうが、かといって、人材の流動性を規制する法律は、少なくとも日本、イタリアの双方の国には存在しませんし……」

「まあ、機密保持契約で縛るという方法もあるんだが、どの部分が流出した技術に該当するかなんて、水掛け論の挙げ句、うやむやになるのが関の山だ」

「だからトミタのオファーを受けるにあたって、篠宮さんはガルバルディに仁義を切ったわけですね。なるほど、確かに日本的な人ですね。それもいささか古いタイプの……」

冗談めかしてはいるものの、壇が本心でそう思っているのは間違いない。

「私には彼女のそういう点が、すこぶる好ましく映ってね。おそらく、ガルバルディも同じ気持ちを抱いたんだろうな」

「えっ。じゃあ、この条件はオーナーが？」

驚く壇に、

「ガルバルディはオーナー会社だよ？　こんな大事なこと、彼がいわずして、誰がいうんだ？」

村雨は苦笑すると、続けていった。

「篠宮さんが仁義を切ったその場で、現オーナーのルイジ・ガルバルディが、提案してきたそうでね。彼もガソリンエンジン車の終焉の時が近いことを察していて、できることなら、ガルバルディ最後のガソリンエンジン車の開発を手がけてみたいと考えていたというんだな」

「なるほど、ガルバルディも社長と同じ思いを抱いていたわけですか……」

「もちろん、ガルバルディがその気になれば、やれないこともないだろうさ。だがね、問題は開発費だ」

「それはどうですかね。規模こそ小さいものの、自動車業界の中で独自の地位を確立して、今までやってきた会社ですよ。経営に不安があるとは聞いたことがありませんし――」

「費用対効果の問題だよ」

村雨は壇の言葉を遮った。「開発費を使うなら、最後のガソリンエンジン車よりも、優先すべきはＥＶだろうさ。今後、ガルバルディもＥＶに乗り出すとして、全てを自社で開発するとなると、莫大な資金が必要だ。それを抑えるには少なくともバッテリーやモーター、あるいはシステムも外部から調達することになるのだろうが、そうなるとガルバルディの独自性が薄れてしまう。そもそも、あの小さな会社にＥＶの開発をやれる技術者がいるとは思えないし、新たに採用するにしたって、一人や二人では済まんからね。しかも完成するまでの間は、資金は出ていく一方となるんだ。最後のガソリン車どころの話じゃないさ」

「なるほど、おっしゃる通りですね……」

納得した様子で頷いた壇だったが、「ひょっとして、ガルバルディがコラボの提案をしてきたのは、これを機にＥＶの製造でパートナーシップを結ぼうと考えているのでは」

ふと、思いついたようにいった。

「その可能性は十分にあると思うね」

村雨は頷いた。

「では、それを承知の上で、社長はガルバルディの申し出を受けたのですね」

「そういうことだ」

村雨はニヤリと笑い、話を続けた。

「餅《もち》は餅屋って言葉があるだろ？　うちは超高級車製造のノウハウを学ぶことで、世界の富裕層相手の市場に乗り出すきっかけになるかもしれない。ガルバルディにだって、ＥＶ開発に要する費用、期間を大幅に削減できるメリットがある。ウイン・ウインの関係を築かずしてビジネスは成功しないものだからね」

「おっしゃる通りです……」

壇が納得したところで、村雨は話題を転じにかかった。

「それからメカを担当するメンバーは、戸倉さんに一任したんだが、人選も着々と進んでいるようでね」

「そちらの人材も、社外に求めるんですか？」

「社外には違いないが、まずはトミタのＯＢに声をかけているそうだ」

「なるほど、ＯＢですか」

壇は破顔して、声を弾ませる。「現役のエンジニアの中から優秀な人材をとなると、組織の壁が障害になるものですが、ＯＢならば話は別です。それに、ガルバルディがプロジェクトに参加してくれるとなれば、新型エンペラーの成功は約束されたも同然ですよ」

壇がいう組織の壁とは、企業において人事異動はつきものではあるものの、部下が優秀であればあるほど、上司が手放すことを渋るケースがまま起こることを指しているのだろう。

上司とて評価を受ける立場にある。有能な部下を手元に置きたいに決まっているわけで、手放さざるを得ないとなれば後任者は最低でもイコールの能力でなければ納得しない。つまり、トレードと同じなのだ。

加えて、タイミングの問題もある。

特に重要案件を担当している社員を、途中で他部署に異動させることはまず起こり得ない。異動は仕事に目処がついてからとなるのが不文律だけに、新チームをベストメンバーで構成しようと思っても、なかなかできるものではないが、ＯＢならばこの点も問題にならない。

「とりあえず、ここまでのところは順調だ。チームのメンバーにも目処がつきつつあることだし、君の社長就任のタイミングも含めて、会長に報告しておくことにするよ」

村雨はそういうと、グラスに残ったドライシェリーを一気に飲み干した。

# 4

ガソリンエンジン車からＥＶへ。

この自動車業界はじまって以来の革命的大変化は、既存メーカーにとって、まさに生存を賭けた戦いの始まりを意味する。

近々公表される早期退職制度には、エンジン開発に従事してきたエンジニアの大半が応じるのは確実だ。さらに全社的な組織の見直しが行われるのも明らかなのだから、当然生き残りの道を模索する人間も出てくる。

「失礼いたします……」

会長室に現れた国内販売担当常務の枝島正章《えだしままさあき》もそんな人間の一人で、前会長で現在は相談役の兼重悦郎《かねしげえつろう》と会合を重ねているのは氷川の耳にも入っていた。

「私に相談したいこととは何事かな？　会社のことなら、まず村雨君にすべきじゃないのかね？」

氷川も代表権を持つとはいえ、トミタの最高経営責任者は社長の村雨である。それに氷川が、中間管理職になって以来、結果を出している部下の仕事には一切口を挟まぬことを信条としてきたのは、社員の誰しもが知るところだ。

開口一番、素っ気ない言葉を発したのは、枝島がここを訪ねてきた目的が透けて見えるようだったからだ。

「ごもっともなのですが、販売体制に関わることとなりますと、真っ先に会長のお顔が浮かんでしまいまして……。なにしろ、社長は技術畑の出身でいらっしゃいますので……」

販売についての経験不足を理由にするところが、いかにも一貫して海千山千の営業畑を歩んできた枝島らしい。

「まあいいさ……聞く分には構わんよ。もっとも、村雨君に何か意見してくれというのであれば、無理だがね」

「承知しております」

枝島は丁重な口調でいいながら、ソファーに腰を下ろす。

「で、なんだね？　その相談というのは」

氷川が問うと、枝島は深刻な表情を浮かべ用件を切り出した。

「実は、ＥＶ事業が本格化した後の、国内販売体制の再構築についてでございまして……」

「国内販売体制の再構築？」

「ご承知のように、先行しているアメリカのＥＶメーカーは、日本でも本国同様、オーダーは全てネットを介して直接ユーザーから受注しております。かかる事態を踏まえた上で、先日社長から、現行の販売体制の見直しを行う必要があるか否か、もしあるのならば早急に案を出せと命じられまして……」

なるほど、確かに難題である。

自動車販売は、国内、海外を問わず、メーカー各社が傘下に置くディーラー、あるいは代理店が担ってきたのだったが、米国のＥＶメーカーは新しく、ネットを介した受注方式、つまり直販体制を確立しつつある。

この受注方式がメーカーに齎《もたら》すメリットは挙げれば切りがないのだが、中でも大きな効果は二つある。

一つ目は、これまでディーラーに支払ってきたマージンが事実上ゼロになること。二つ目は、受注と同時に、製造に必要な資材の調達量が確定し、同時に極めて正確かつ効率的な生産計画が立てられること。つまり、製造工程における無駄を完全に排除できるということである。

特に、一つ目については想像に難くないだろう。

発注は、ユーザー自らがパソコンやスマホを介して行ってくるのだ。

営業マンやショールームは最小限で済むし、販売促進費や報奨金に至っては、一切発生しない。食材流通でいえば、中間マージンを取っていた農協や卸売業者、小売店舗をスキップして、生産者と消費者が直《じか》に売買をするようなものである。

さらに、直販によって削減できたコストを、販売価格に反映することも可能なのだから、既存の自動車メーカーが従来の販売体制を根本的に見直さない限り、新興のEVメーカーと伍して戦うことはできない。

「EVの時代になってもトラブルは必ず発生するものだからね。販売後のメンテナンスサービスという点では、ディーラーの必要性は薄れるものではないと思うのだが、確かに、それだけではねえ……」

「いや、そのトラブルにしても、何か不具合が起きればシステムが感知して、自動的に管理センターに報告されるようになりますよ。既に、システムのアップグレードやバグの修正は衛星を介してリアルタイムで行われているのですから、ハードが故障しない限り修理工場に車を持ち込む必要はないんです。それなら外部の整備工場とか、極端な話、家電量販店と委託契約を結べば対処できます。だって、そうじゃないですか。EVの場合、修理といっても、大半はユニット化された部品を交換するだけで済むでしょうからね。実際、家電製品の修理はそうなっていますし」

改めて説明を受けるまでもないのだが、考えれば考えるほど、厄介極まりない難題中の難題だ。

これまで新規参入を阻んできた要因の一つであったディーラー網が、EV化の波が押し寄せた途端、今度は既存メーカーの命取りとなってしまおうとしているのだから、何とも皮肉な話である。

思わず口を噤《つぐ》んでしまった氷川に向かって、枝島はいう。

「かといって、ディーラー網に手をつけるのは容易な話ではありません。営業マン、事務職、整備士と、ディーラーは多くの従業員を抱えておりますし、特に地方では重要な雇用基盤でもありますので……」

「だがね、遅かれ早かれ、ディーラー網の見直しは避けられないことになるよ。うちのEVだってアメリカのメーカー同様の機能を持つことになるんだし、雇用を維持するのは重要だが、コスト面で太刀打ちできないんじゃ、新興相手だろうが既存メーカー相手だろうが、勝てるわけがないんだからね」

「ですから、頭を痛めているわけです……」

枝島は、ほとほと困り果てたといった態《てい》で溜息《ためいき》をつき、悄然《しょうぜん》と肩を落とす。

「まあ、最終的にはアメリカのEVメーカーに倣うことになるだろうね……」

いかにトミタが巨大企業でも、新しい時代の流れには逆らえ切れるものではない。見て見ぬ振りを装っても、来るものは来るのだ。

氷川は続けた。

「利益を上げなければ存続できないのが企業である限り、エンジン開発部門同様、不要になった組織、人員を抱えたままにしておくわけにはいかんのだからね」

「その点は十分理解しているつもりなのですが――」

枝島がいいたいことは分かっている。

氷川は枝島の言葉を遮った。

「新規メーカーの参入を阻んできたディーラー網が弱点になると分かっている以上、対処が遅れれば取り返しがつかないことになってしまうよ。それこそ、フィルム産業の二の舞になりかねん」

かつて映像記録に銀塩フィルムが不可欠であった時代、世界の写真市場は日米欧の僅か四社の寡占状態にあった。

特に一般消費者向けのネガフィルムは現像、プリントの工程を経ずして可視化が不可能であったために、写真店やプリント専門店に処理を依頼するのが当たり前であったのだ。

そこで販売促進のためにメーカー各社が最も力を注いだのが、写真店、プリント専門店の系列化である。というのも、現像とペーパーの利益率が極めて高く、系列店を増やすことがメーカーの利益向上に直結したからである。

ところがデジタルカメラに続き、カメラ内蔵のスマホが登場した途端、市場環境は激変する。写真はプリントしなければ〝見られないもの〟から、スマホのパネルで〝見られるもの〟へと変わってしまった。それどころか、家族、仲間内で〝見るもの〟であったはずの写真が、ネット環境の進歩に伴って、不特定多数に〝見せるもの〟になってしまったのだった。

氷川は続けた。

「最大手のメーカーは、二〇一〇年には写真は百パーセントデジタルに置き換わり、その時利益率は十分の一になってしまうと、早くも七〇年代には予想していたというんだな。だがね、四十年もの先の市場に備えて、十分過ぎる収益を上げている本業を自ら壊しにかかる経営者が、どこの世界にいるかね。なんとかして、フィルムとデジタルを共存させる方法はないものかと模索しているうちに、業界そのものが壊滅してしまったんだ」

写真業界の衰退の過程は、格好のケーススタディとして多くの書籍、論文が出されているだけに、枝島も承知しているはずである。

果たして枝島はいう。

「なるほど写真産業ですか……。確かに、我々が直面しようとしている状況に酷似していますね……」

「EVは今までの車にあらず。走るコンピュータだ。IT技術が、業界を一変させてしまおうとしているところも含めてね……」

氷川は、改めて枝島を見据えると続けた。

「経営者というのは孤独なものでね。いま抱えている人員、組織を以て、株主に満足してもらえる結果を出さねばならんのだ。そして、いかなることがあっても、会社を危機的状況に陥らせるのは断じて許されない。だから危機の到来を察知しておきながら、何ら策を講じないなんてことはあってはならんのだ」

氷川は、あくまでも経験論としていったつもりだったのだが、枝島はいずれ自分が社長になる上での心構えとでも思ったらしい。

「そのお言葉を肝に銘じて、策を考えてみます……」

といい、「そういえば、新型エンペラーの開発構想があると耳にしたのですが、本当のことなんでしょうか。会長はご存じなんですか?」

ふと思い出したように問うてきた。

本題はこれか……。

何を考えてのことかは知るよしもないが、トミタにおいて社長の後任候補は現社長と会長の合議で決まるのが慣例だ。壇が有力候補の一人と目されているのは、既に噂になっている。新型エンペラーをＥＶでとなれば、壇の次期社長就任が決まったようなものだと、枝島は気がではないのだろう。

　この件について知る者は、まだ極めて限られているはずだが、人の口に戸は立てられぬとはよくいったものである。どこから漏れたか、これも枝島が村雨の動きを注視していることの証《あか》しといえるだろう。

　隠し立てする必要はない。

　というのも、村雨からはつい二日ほど前に、進捗《しんちょく》状況の報告を受けたばかりで、次の定期役員会で企画書が提出されることになっていたからだ。

「もちろん知ってるよ」

　氷川はこたえた。「トミタは創業以来ガソリンエンジン一筋でやってきたからね。トミタが造る最後のガソリンエンジン車、モニュメントとなるに相応しい車を造りたいと村雨君がいい出してね」

「ガソリンエンジン車で？　今さらですか？」

　枝島は間違いではないかといわんばかりに問い返してきた。

「モニュメントになる車を造るというなら、ガソリンエンジン車に決まっているじゃないか」

「それで、会長は賛成なさったわけですか？」

「もちろん」

　氷川は頷いた。「ＥＶについては、すでに十四車種もの開発に目処がついたことを公表しているし、充電インフラの整備状況を見ながら、逐次販売を開始することになっている。自社製バッテリーにシステムと、研究開発を続けなければならない課題は幾つもあるが、村雨君の在任期間中は最高利益を更新し続けてきたからね。意義のあることだし、新型エンペラーの開発をやれるのも、業績が絶好調で資金にも十分余裕がある今しかないと思ってね」

「しかし、システムといえば、社会インフラや家庭内の電気機器、スマホアプリとのシンクロナイズなど、開発しなければならない課題は山とあるんですよ。何も、既に寿命が尽きようとしているガソリンエンジン車の開発に今更着手しなくとも――」

「モニュメントとはいっても、売れない、利益も出ない新型車を造ろうといっているんじゃない。世に送り出すからには、立派にビジネスとして成り立つ車にしてみせると村雨君がいうものでね。だから賛成したんだよ」

「会長のお考えは分からないではありませんが、うちは早晩製造車種を全面的にＥＶにすると宣言したばかりなんですよ。なのに、新型のガソリンエンジン車だなんて、社の方針に一貫性を欠くことになるのではないかと思いますが？」

「トミタは日本の自動車産業を代表する会社なんだ。ガソリンエンジンの時代が終焉を迎えるに当たって、過ぎ去ろうとしている時代の象徴として後世に残る車を造るといえば、世間も納得するだろうさ。一貫性に欠けるなんて誰も思わんよ」

　枝島が何が気に食わないのか、氷川には皆目理解できない。

　だから些《いささ》か口調が乱暴になってしまったのだったが、そんな気配を悟ったものか、枝島は巧妙に論点を変えてきた。

「こんなことを申し上げるのは、社長が立派にビジネスとして成立するとおっしゃる点が気になるからでして……」

「何が気になるんだね？」

「そりゃそうですよ。新型エンペラーがどんな車になるにせよ、販売に対して全責任を負うのは社長ではありません。販売部門を担当している私なんです。国内販売網の再構築とはおっしゃいますが、とどのつまりはディーラー網をいかにして整理するか、それも可及的速やかに、かつ穏便に行う手立てを考えよとおっしゃっているわけじゃないですか」

枝島のいうことは本質的には間違ってはいない。

「それで？」

氷川は先を促した。

「これから開発に着手するのなら、新型エンペラーが完成する頃には、ＥＶの販売も本格的にはじまっているはずです。つまりディーラー網の整理を公表しているか、早ければ着手している可能性もあるわけです」

「営業マンもいなくなり、販売力も落ちてしまっている状況下で、新型エンペラーを売れといわれても売れるものではないといいたいのかね？」

「その通りです」

意外にも枝島はきっぱりと返してくると続けていった。

「確かにアメリカのＥＶメーカーは、ディーラーを持ちません。受注をネット経由のみで行っているのも事実です。ですが、日本には地方の過疎高齢化という問題が存在するのです。確かに経営的見地からは、ディーラー網の見直しはやってしかるべきものに違いはありませんが、地方にはスマホを満足に使えない高齢者が数多くいるのもまた事実で――」

「つまり？」

話半ばで遮った氷川に向かって、枝島はいう。

「間違いなく、これから市場に参入してくるEVメーカーは日本のみならず、世界中で同じ販売形態を取るでしょう。しかし、我が社が同じ土俵に乗る必要はないと思うのです。むしろ、従来の営業形態を可能な限り維持し、ユーザーを手厚くケアすることで、他社との差別化を図るべきです。そして、それなくして、ビジネスベースに乗るだけの新型エンペラーの販売をできるとは到底思えないのです」

ディーラー網の整理縮小の必要性は認めながらも、EVの時代が到来してもなお、販売の鍵《かぎ》を握るのは営業マンだといいたいらしい。

なるほど、いかにも次期社長を狙っている枝島らしいいい分だが、これも村雨が新型エンペラーをどんな車にしようとしているのか、ガルバルディが開発に加わりたいと申し出ていることと、そして新型エンペラーの主たる市場を海外に求めることにしたのを知らないからだ。しかし、氷川は敢えてこの場では告げないことにした。

「枝島君ねえ。私は常々こう思ってるんだよ」

氷川は、そう前置きすると話を続けた。

「新しいことをやろうとすると、人はまず問題点をあげて難色を示すものだが、問題があげられるというのは、実はとてもいいことだとね。なぜなら、解決すべき問題が、すでに把握できているということだからだ。だってそうだろ？　問題だというなら、それをどうやって解決するのか、そこに知恵を絞ればいいということになるからさ」

これには、枝島も何と返したものか、言葉が見つからないとばかりに沈黙する。

そこで氷川はさらに続けた。

「新型エンペラーをどんな車にするのか。いかなる方法で販売し、ビジネスとして立派に成り立たせるのか。コンセプトも戦略も、既に村雨君の頭の中では出来上がっていると思うよ。あれこれ意見するのは、彼の構想を聞いてからでも遅くはないのではないかな？　役員会は、そのためにあるんだろ？」

5

会長室を辞した枝島は、その足で品川《しながわ》駅前のホテルのレストランへ向かった。

昼食時には早いこともあって空席が目立つ中に、枝島を待ち構える一人の男の姿があった。

国内工場統括役員の末木友和《すえきともかず》である。

枝島の姿を見た末木は、

「どうでした。何か分かりましたか？」

立ち上がり様に問うてきた。

「君の読み通りだ。社長は新型エンペラーの開発を密《ひそ》かに進めているようだね」

「やっぱり……」

末木は合点がいったとばかりに頷く。「先に公表したEV十四車種のラインナップには、エンペラーに相当する高級車種はありませんでしたからね。エンペラーの製造ラインは不要になるので、それを踏まえた工場の再編プランを提出したら、社長が当面の間は手をつけないでおくというもので、何かやるつもりだなとピンときまして……」

全製造車種をガソリン車からEVへ……。創業以来の大転換の影響は、不要となるガソリンエンジン開発部門のみならず、工場にも及んでいた。

なにしろエンジンがモーターに、燃料タンクがバッテリーに変わるのだ。

製造ラインで使用されているロボットの入れ換え、オペレーターや作業員の再教育も不可欠であるし、十四車種もの製造を同時に開始するのもはじめてなら、以降は製造する全車種がEVに入れ替わるのだ。しかも、移行期間中は、ガソリンエンジン車の製造も並行して行われ、徐々に生産台数を減らしながら軸足をEVに移していかなければならない。

その上、工場は新設せずに、既存の工場を改良してEVの製造に乗り出すというのが村雨の意向である。となれば、EV化のラインナップには乗っていないエンペラーの製造ラインは真っ先に不要になるはずが、村雨から「待った」がかかったのだ。

「村雨さんは、トミタが造る最後のガソリンエンジン車に相応しい、モニュメントになる車、後世に残る新型エンペラーを造るっていっているそうでね」

続けて枝島が氷川から聞かされた村雨の構想内容を話して聞かせると、

「いまさらですか？」

末木は、釈然としない様子で首を捻《ひね》る。

「しかも、ビジネスとして十分成り立たせてみせる。つまり、売れる車を造るといったというんだな。エンペラーで、そんなことが可能だとは思えんのだがねえ」

末木は同じ大学の二年後輩で、彼の就活時にリクルーターとして出会って以来の付き合いだ。トミタのような大企業では、勤務地、部門が違うと、同期でさえも疎遠になってしまいがちだが、第一志望であったトミタに入社できたのは枝島の後押しがあったからだと、末木は恩を感じているらしい。もちろん、役員になったほどだから、優秀だし、したたかな一面もあるには違いないのだが、少なくとも枝島にとっては、忠実な部下の一人である。

末木は再度首を捻ると、

「考えれば考えるほど、腑《ふ》に落ちませんねえ……」

呻《うめ》くようにいい、話を続けた。

「いやね、もしや新型エンペラーを開発するつもりなのではと思いはしましたけど、どう考えても非現実的なんですよね。だってそうじゃないですか。ガソリンエンジンの開発部門からは、既に続々とエンジニアが辞めていっているんですよ。それも買い手がつく優秀な社員からです」

「早期退職制度のパッケージは、次の役員会に提出される予定だし、承認されれば即公表。退職者が続出して、まともなエンジニアはいなくなってしまうだろうしね……」

「それじゃあ、新型エンペラーなんて開発できませんよ。まがりなりにも、トミタの最高級車種ですからね。最高の陣容をもって開発に挑まなければ、まともな車に仕上がるわけがありません」

末木は、またしても首を捻り腕組みをして考え込むと、「それより枝島さん。次期社長の件ですが、やはり村雨さんと氷川さんは壇君を推すつもりなんでしょうか」

周りの席は空いたままだというのに声を潜め、身を乗り出してきた。

「それも、このエンペラーの件で全く読めなくなってしまったな」

枝島は率直にいった。「次期社長はＥＶ畑が有力だと思っていたんだが、だったら村雨さんは、新型エンペラーをガソリンエンジン車でなんていい出さないと思うんだよな。ＥＶでやれば、トミタが新時代の到来に全力で取り組んでいることを世間に強く印象づけることができるし、壇君の社長就任も自然な流れと映るだろうからね」

「私にいわせれば、そもそもＥＶ畑一筋の技術屋を社長に据えようというのが間違いなんです」

末木はあからさまに不満を口にする。「既に、十四車種もの開発に目処がつきつつあるんですよ。市場動向を見極めながらとはいえ、随時販売をはじめると決定しているんです。しかも既存の自動車メーカーに加えて、ベンチャーや異業種もＥＶ市場への参入を虎視眈々《こしたんたん》と狙っているんですからね。技術力で優位性を確保するのも重要ですが、やはり勝敗を決するのは営業力、販売力ですよ」

忠実な後輩の言葉だけに、割り引いて聞かなければならないところだが、正直なところ末木のいう通りだと枝島は思った。

「バッテリーメーカーだって、これから開ける市場がどれほど巨大かは重々承知だ。他社に優る高性能のバッテリーをいち早く実用化せんと血眼になって開発を進めているんだ。技術の連中は自社開発に拘《こだわ》っているけど、トミタのバッテリーが常に最優秀だなんてことはあり得ないからね。うちに勝るバッテリーが出てきた時点で、競争力を失うばかりか、開発コストだって回収できなくなるんだ。それじゃあ、勝てる戦いにも勝てなくなってしまうからね」

「その点の問題意識は、相談役とは共有できているんですよね」

「もちろんだ」

枝島は即座に返した。「兼重さんも、製造車種をEVに一本化するのは時代の流れだ、仕方がないと割り切って賛成したが、ここから先のビジネスはトミタにとっても未知の領域だ。自社の技術開発に拘らず、特に基幹部品に関しては、外部ベンダーからの調達を真剣に考えないといけない。そして、おそらく競合他社も同じことを考えているはずで、となると性能面で差別化を図るのは難しい。その時、何が市場を制する鍵となるかは、やはり営業力だとおっしゃってね」

「さすがは兼重さんですね。営業畑出身でいらっしゃるだけに、よくお分かりでいらっしゃる」

末木は我が意を得たりとばかりに破顔する。

「第一、オーダーは全てネット経由といってもだね、数百万円からする買い物だぞ？　ユーザーだって手厚いアフターケアを受けて気分が悪かろうはずがないし、コミュニケーションを密にしておけば、買い換えの時にもトミタってことになるだろうさ。むしろ、他社がアメリカ式のオペレーションを取るというなら、逆手を取って従来の販売方式を堅持すべきなんだよ。その点も、兼重さんとは考えが一致しているのでね」

氷川を後任の社長候補に強く推したのは兼重である。その経緯からしても、兼重の意向とあれば氷川も無視できないはずだ。そして、村雨を後任社長に推したのは氷川である。つまり、村雨は氷川に、氷川は兼重に恩義がある。だから両名共に、兼重の意見、意向を無視できないはずなのだ。

それが、社長就任を願って止まない、枝島の唯一のよりどころだった。

「私も新型エンペラーについて、何か分かりましたらすぐにご報告いたしますが、枝島さんもこの件は、早々に兼重さんのお耳に入れておいた方がいいのではないかと……」

「分かってる……」

枝島は頷いた。「生憎《あいにく》今日は出社日ではないし、確かゴルフに出かけているはずだから、今夜にでも電話をしてみるよ。そこから先は、兼重さんがどんな反応を示すか次第だな……」

## 6

トミタ本社の地下一階には、社員食堂とは別に『トミタ倶楽部《クラブ》』と名付けられたサロンがある。

モータリゼーションの波に乗り、順調に成長し続けてきたトミタだけに、途中退社者は少なく、定年を迎えるその日まで働き続ける社員が大半を占める。勢いOBの愛社精神は殊の外強く、引退後の集いの場として設けられたのがこのサロンである。

昼間は関東《かんとう》近辺在住のOBが集い、囲碁や将棋、あるいは歓談に花を咲かせるのだが、夕刻になると酒も解禁となり、同期会や各職場の現役を交えての懇親の場となるのだ。

「末木君……いや、末木さん」

サロンに足を踏み入れた瞬間、五年ほど前に定年で会社を去った、荻原祥輔《おぎわらしょうすけ》が声をかけてきた。

「あっ、荻原さん。お久しぶりでございます。お元気でしたか?」

荻原とは末木が生産管理部の課長職にあった頃、新型エンジンの生産ラインの打ち合わせ会議の場で同席したのが最初の出会いだ。

仕事を共にしたのはその一件だけで、直後に末木は他部署の次長に昇進し、以来没交渉となってしまったこともあって、親しいといえる間柄ではない。

しかし、短期間とはいえ、荻原の印象は強く末木の記憶に残っている。

根っからの技術屋というか、とにかく車造りに賭ける執念は群を抜いており、頑として持論を曲げないのだ。己の使命を果たさんとする姿勢は結構なのだが製造に要する時間、使用部品のスペック、作業工程の簡素化は、いずれも生産コストに直結する問題である。

かくして侃々諤々《かんかんがくがく》の激しい議論となったのだったが、荻原の昇進が遅く、最終的には本部長付・部長待遇で定年を迎えてしまったのもそんなエンジニア気質が災いしたのかもしれない。

「一緒に仕事をしたのは、僅かな期間だったのに、覚えていてくれたんだね」

荻原は嬉《うれ》しそうに、そして懐かしそうに目を細める。

「もちろん、覚えていますよ。会議では、散々激論を交わしましたので」

「まあ、結果的には君の主張が正しかったんだし、私もいい勉強をさせてもらいましたよ」

荻原は照れ臭そうにいい、「ところで今日は、エンジン開発部門OBの懇親会だけど、どうして君が?」

不思議そうに問うてきた。

「昨年定年を迎えた同期が、退職の挨拶もしていなかったし、久々に会いたいといってきたんですよ。彼、研究所で定年を迎えたもので……」

「研究所は富士《ふじ》だからねえ。君は工場にもいたけど、本社勤務が長いからなあ……。私もそうだったが、こうも会社がでかいと、挨拶回りも定年を迎えた職場だけで終わってしまうからね」

それもあるが、同期とはとどのつまりはライバルだ。群れるのも管理職になるまでが精々で、昇進に差がつきはじめた途端、同期の絆はなきも同然となるのが常である。

しかし、定年と同時に昇進レースが終了すると、今度は現役時代が懐かしくなるものらしい。他部門の会であるにもかかわらず、末木に「会いたい」と連絡してきたのも、そんな心情の表れというものだろう。

「荻原さんは、いま何かお仕事をなさっているのですか?」

同期に会いに来たのだが、早々に会話を打ち切るのも無粋な気がして、末木が問うたその時だった。

「おう、末木!」

背後から名を呼ばれて振り返ると、「会いたい」といってきた同期の西浦謙《にしうらけん》が立っていた。

「このご時世だ。役員も忙しくしているだろうから、会えないんじゃないかと思っていたんだが、来てくれたんだねえ。嬉しいよ」

破顔する西浦が差し出してきた手を、末木は握り締めた。

「久しぶりだな。何年ぶりだろう」

不思議なもので、出世レースの呪縛《じゅばく》から解き放たれると声も表情も柔らかくなる。

「五年……かな。会議で本社に来た時に、ロビーで偶然会って以来じゃないかな」

「ああ、そうだったね。どうだ、元気にしているか？」

「元気は元気なんだが、時間を持て余してねえ。体力的には、まだまだ働けるんだが、世を挙げての脱炭素だからな。ガソリンエンジン一筋でやってきたエンジニアに働き口なんかありゃしないよ」

末木は正直に胸の内を打ち明けた。

「全く困ったもんだ……。自動車には違いないが、ＥＶは似て非なるものだからな。トミタの看板を掲げたまま異業種の世界に飛び込むようなもんだ。先が思いやられるよ……」

「でもさ、トミタでは新型ガソリン車を開発する計画が進んでいるらしいじゃないか」

西浦は何気なしに水を向けたつもりだろうが、彼の目の表情が微妙に変化するのを末木は見逃さなかった。

会いたいといってきた目的はそれか……。

その一言で、西浦の狙いに察しがついたのだったが、

「えっ？　そんな話、聞いたことがないけど？」

末木は素っ気なく返した。

「おかしいな……。トミタの最後になる新型ガソリンエンジン車を開発するプロジェクトがある、ついてはメンバーを集めているのだが興味はないかと、戸倉さんから声をかけられたＯＢがいるって、もっぱらの噂だぜ？」

「それ、誰から聞いた？」

「研究所にいた当時の上司からだけど、彼も又聞きらしくてね。その人から、俺にも話があったかって聞かれたんだよ」

戸倉？　戸倉って誰だ？

最後のガソリンエンジン車というからには、新型エンペラーのことに違いない。エンジニアを集めているのならそれなりの実績を持つ人間のはずで、知らないわけがないのに、末木には、その名前に心当たりはない。

「ガセだろ。第一、戸倉なんて、社内に——」

いたか？　といいかけた末木を遮って、西浦はいう。

「それがな、うちがF1に参戦していた当時、チーフエンジニアだった戸倉さんらしいんだよ」

もちろん、その戸倉なら知っている。

しかしだ。

「あの戸倉さんなら、うちがF1から撤退したのを機に、辞めちゃったじゃないか。縁が切れた人間が、なんで新型車の開発に関われるんだよ。そんなこと、あるわけないに決まってるじゃないか」

「お前はそういうけど、他にも声をかけられたOBがいるらしいぜ」

他にも、OBがいる？

ということは、OBを中心に声をかけているのか……。

そこに考えが至った瞬間、末木は、「あっ！」と声を上げそうになった。

エンジニアをどうやって確保するつもりなのか、疑問に思っていたが、その謎が解けた気がしたからだ。

そんな内心が顔に出てしまったのか、二人の会話を聞いていた荻原の表情が微妙に変化した。

この反応から想像がつくのはひとつしかない。

「荻原さんも、この話をお聞きになったことが?」

虚を突かれた荻原は、目を泳がせながら一瞬言葉に詰まったのだったが、

「い、いいえ。私は聞いたことがありませんが?」

慌てて首を振って否定する。

得てしてエンジニアは嘘をつくのが苦手なものだが、荻原も例外ではないようだ。

間違いなく荻原は、この件を知っている。そして、開発チームへの参加を打診されているのだと末木は直感した。

そしてその瞬間、末木の推測は確信に変わった。

なるほど、OBで開発チームを編成する手はありだ。彼らがトミタを去ったのはあくまでも定年を迎えたからで、規定上残ることが許されなかっただけだ。そしてエンジニアの知識や技術力は年齢を重ねる毎に劣化するものではなく、長年の経験が加わる分だけ、戦力的価値はむしろ高まっているのだ。

ましてOBは、もれなくトミタの全盛期を共に歩んできただけに、愛社精神も極めて強い。仕事に対しての熱意、モチベーションの高さもまたしかりだ。そんな人間たちが、再び新型車の開発に携われるとなれば、夢よ再びとばかりに馳せ参じる者は後を絶たないだろう。

「なあ、末木。この話の真偽を確かめてもらうわけにはいかないだろうか。もし、そんな計画

があるのなら、俺ももう一度エンジン開発の現場で働いてみたいんだ。お願いだよ。頼むよ」

荻原の言葉を無視して、西浦は食い下がる。

「どこから出た話か知らないが、同期にそういわれると無視できないな」

末木は、いささか傲慢な口調で返すと、早々に話を終わらせにかかった。「分かった。調べてみるよ。何か分かったら連絡するけど、あまり期待しないでくれよな。それが本当の話なら、とっくに俺の耳に入っているはずなんだから」

# 第三章

## 1

「企画書、読ませてもらったよ」

会長室のソファーに村雨が腰を下ろすなり、氷川が口を開いた。

「いかがでしょうか……」

村雨は感想を促した。

「内容に異存はないね。全面的にバックアップすることを約束するよ」

まずは快諾を得たことに安堵《あんど》し、

「ありがとうございます」

村雨は頭を下げた。

しかし、それも一瞬のことで、

「だがね、役員会で承認されるかどうかは分からんよ。おそらく……というか、まず間違いなく難色を示す者が少なからず出てくるだろうからね」

氷川は懸念を示す。

「もちろんです。むしろ、すんなり通ったら、そっちの方が問題ですよ。反対意見が一つも出ないのは、何も考えていないか、内容を理解できないでいるかのどちらかですからね」

村雨は苦笑しながらこたえると、氷川に向かって問うた。

「ご参考までにお聞かせ下さい。どういった点が問題視されると思われますか？」

「まず、トミタが世に送り出す最後のガソリンエンジン車として、新型エンペラーを開発する意義については誰も異を唱えないだろう。だがね、外部から招聘《しょうへい》した篠宮さんがプロジェクトリーダーに就任し、彼女が勤務していたガルバルディが開発に加わることについては、間違いなく反対の声が上がるだろうね」

「それは、新型エンペラーのコンセプトを説明すれば、理解してもらえると私は確信しておりますが？」

村雨が異を唱えると、氷川は頷《うなず》きながらも、その理由を話しはじめる。

「篠宮さんをマネージャーに招聘し、ガルバルディをプロジェクトに参加させるという、君の考えは理に適《かな》っていると私自身は思うよ。だがね、世界のトミタが最後に造るガソリンエンジン車というなら、自社の人材、自社の技術を使って開発すべきだという意見が必ず出るだろうね」

もちろん、役員会の反応は想定済みだ。

いま氷川が指摘した点についてのこたえも考えてある。

しかし、それを口にするより早く、氷川は次の懸念材料を話し出す。

「最も反発を招くのは、ガルバルディが自社のエンジンと車体フレームの採用を検討して欲しいといい出していることだ。この件については、君から報告を受けた時点で、私も難色を示したはずだが、そのまま企画書に盛り込んだのはなぜだね？」

「あくまでも、検討してくれないかといってきただけだからです」

この件は、村雨が企画書の作成に着手しはじめた直後に、凛がルイジ・ガルバルディの提案として伝えてきたものだ。

もちろん凛だって車造りの素人ではないし、トミタがどんな社風の企業かは十分承知している。それが証拠に、彼女の話しぶりからは、困惑している様子が伝わってきたのだったが、その場で村雨が拒否しなかったのには理由があった。

「それに、検討するに値すると思えましたので、そのまま残すことにしたのです」

そう続けた村雨に、

「ほう、それはなぜだね？」

珍しく氷川は冷たい声で問うてきた。

「ガルバルディが提案してきたエンジンは新型車用に開発されたものだそうですし、彼らにはこのクラスの市場での実績がありますので」

「うちのエンジンよりも優れているといいたいのかね？」

「正直申し上げて、そうだとはいえませんし、そうではないともいえません」

何かいいたげな氷川を制し、村雨は続けていった。

「それにユーザーの使用環境が余りにも違いますのでね」

「使用環境？」

「ガルバルディのオーナーは、もれなく超富裕層です。長距離の移動にはプライベートジェットを使い、車は通勤かプライベートで少し外出する時に使うぐらいなものなのだそうです。走行距離もそう多くはないといいますし、運転は専属のドライバーで、適時彼らが車のメンテも行っているというんですね。トラブルが滅多に起きないというのも、エンジンの性能以前に、そうした使用環境によるところが大きいのではとも考えられますので……」

「それにしてもだ。君は新型エンペラーはトミタが造る最後のガソリンエンジン車であると同時に、営々と受け継いできた技術の集大成にするといったはずだ。それじゃあ、そもそもの趣旨とは違ってくるじゃないか」

氷川は本気で反対しているのではない。役員会に諮れば必ずや出るであろう反対意見を、どう論破し納得させるつもりなのか、検証しているに違いない。

「正直申し上げて、当初はガルバルディがこのプロジェクトへの参加を申し出てくるとは想像だにしておりませんでしたので……。ですが、これは我が社のＥＶの将来を考えると、決して悪い話ではない。望外のビッグチャンスの到来だと考えるようになりまして」

「それは、なぜだね？」

相変わらず醒《さ》めた口調だが、氷川が村雨の考えに関心を持っているのは明らかだ。

「ＥＶの時代を迎えるに当たって、車造りに対する社員の固定概念を改めるきっかけになると考えたからです」

表情一つ変えることなく目で先を促す氷川に、村雨は続けた。

「社員が自社製品に絶対的自信を持つのは大切なことです。しかし、それも程度の問題だと思うのです」

「というと？」

「我が社の社員が所有する自家用車は、ほぼ百パーセントトミタ車ですが、取引先がうちの施設に他社メーカーの車で乗りつけると、嫌みをいわれたり叱責《しっせき》されたりするという評判が定着していましてね……」

「それの何が問題なのかね？　うちの施設に乗りつけるってことは、仕事を貰《もら》ってる業者だろ？　うちの業績次第で取引量だって変わってくるんだ。納入業者が取引先の売り上げに貢献するのは当たり前のことじゃないか」

氷川は、正気かといわんばかりに眉《まゆ》を顰《ひそ》める。

「そうでしょうか」

村雨は、反論に出た。「自動車に限ったことではありませんが、他社製品と比較して優れているのかどうかなんて、自腹を切って実際に使ってみなければ分からないじゃありませんか」

そんなことは一度たりとも考えたことがなかったのだろう。氷川は「ふむ」とばかりに小首を傾げる。

村雨は続けた。

「我が社は、世界中で販売されている自動車を購入し、詳細に分析していますが、結果を知るのは社内のごく一部の社員に過ぎません。ほとんどの社員は、他社に優る点も、劣る点も全く知らず、ひたすら自社の車を購入し、使用することが愛社精神なのだと信じ込んでいるんじゃないでしょうか」

氷川は複雑な表情を浮かべると、低い声で漏らした。

「まあ、いいたいことは分からんではないが……」

「自動車から離れて考えてみれば、会長にだって思い当たる節があるんじゃないですか？　家電製品一つとっても、価格、機能、デザイン、何を以《もっ》て購入を決定するかは人それぞれですが、実際に使用してみてはじめて分かることはたくさんあるはずです」

「それがＥＶとどう関係するんだね」

「百パーセント自社、あるいは系列会社の製品、部品に拘《こだわ》っていたのでは、ＥＶ市場で勝てる車を造ることは不可能だからです」

ようやく村雨のいわんとすることが理解できたらしく、氷川は眉を動かし、身を乗り出した。

村雨は続けた。

「莫大《ばくだい》な費用を注ぎ込んでバッテリーを開発し、自社のＥＶに搭載したはいいが、それを上回る性能を持つ製品が登場したら？　それを他のメーカーが採用したら？　ＥＶでもトミタの車はベストだといえますか？　たとえ他社の技術、部品でも、製造ノウハウであろうとも、自社に勝るものはどんどん取り入れなければ、社員がいくらベストだと主張したって、うちはＥＶ市場で勝つことはできませんよ」

果たして氷川はいう。

「確かに、これまでの車造りに対する意識を改める必要はあるかもしれんね……」

「ですがね、会長。一旦《いったん》身に染みついた考えを改めるのは簡単な話ではありませんよ」

村雨は断言すると続けた。

「トミタは誰しもが認める世界的自動車メーカーだ。多少の波はあっても常に増収増益。莫大な資産もあれば、豊富な研究開発費を使って新技術を次々に確立してきたし、世界各地に製造拠点を持つグローバル企業でもある。ＥＶの時代になっても車は車だ。世界のトミタの地位は揺るぐものではないと考えている社員は、たくさんいると思いますよ」

「エンジン開発部門の早期退職制度は公表目前、系列の部品会社も仕事が激減すると散々いわれているのにかね？」

「社会も会社も同じなんですよ」

村雨はいった。「よく日本社会や国民は『平和ボケ』といわれますが、企業社会も同じだと思うのです。多少の血が流れることはあるだろうが、巨大、かつ超優良企業のトミタが潰《つぶ》れることはあり得ない。定年を迎えるその日まで、トミタの社員で居続けられる。確たる根拠もなしに、そう思い込んでいる社員が大半なんじゃないでしょうか」

「そうかもしれないね……」

氷川は重い声で漏らすと、ふうっと息を吐く。

「会社があり続けることと、社員で居続けられることは、もはや別の時代なんです」

村雨はいった。「今度の役員会で、プレゼンを終えた後の反応を見れば、私の推測が裏付けられると思いますよ。今、会長が指摘なさったのと同じ意見が、役員の間から上がることになるでしょうから……」

氷川は瞑目《めいもく》し、思案を巡らしている様子だったが、やがて目を開くと、

「しかし、いま君が語った理由だけでは、ガルバルディのエンジン、フレームの採用はおろか、プロジェクトへの参加を承認させるのもかなり難しいと思うがね。何かもっと決定的なメリッ

トがないと……」

「メリットならありますよ」

村雨はニヤリと笑った。

「ほう？　それはどんな？」

やはりとばかりに、口元を緩ませた氷川だったが、眼差《まなざ》しは射貫《いぬ》かんばかりに鋭い。

「それは――」

村雨の話が進むにつれ、氷川の眼光は鋭さを増していった。

## 2

「以上で、ございます」

村雨は、長いプレゼンの終わりを告げた。

パワーポイントの電源を落とすと同時に、薄暗かった部屋が明るくなった。

部屋の空気が弛緩《しかん》し、話に聞き入っていた役員たちが飲み物に手を伸ばす。

しかし、それも一瞬のことで、

「質問、意見があれば何なりと……」

村雨の一言に、役員たちの動きが止まった。

「よろしいでしょうか」

真っ先に手を挙げたのは末木である。

村雨が目で発言を促すと、

「趣旨は十分に理解できますが、最初に申し上げておきたいことがございます」

末木はそう前置きすると続けた。

「EV化を推進するに当たって、私の方から工場再編の計画案を提出いたしましたが、エンペラーの製造ラインは残しておくようにと社長から指示がございました。そこから察するに、あの時点で既に社長は、新型エンペラーの開発構想を持っていらっしゃったわけですね」

「その通りです……」

「ならば、なぜいままでこの件を公表なさらなかったのでしょうか。国内工場を統括する立場からすると、EV化に向けての製造ラインの改編は、プランを作成するだけでも大変な労力と時間を要するものです。ここにきて突然こんな計画を持ち出されると、正直申し上げて大変不満……といいますか、憤りすら覚えます。第一、こんな開発計画を社長自らが起案し、企画書に纏《まと》め、役員会に諮るなど前代未聞ではありませんか」

本当は常軌を逸しているとでもいいたかったのだろうが、もちろんそれには理由がある。

「末木君がそういうのはもっともなのだが、考えがあってのことなんだ。というのも、ガソリンエンジン車からEVに全面的に切り替える決断をするに当たって、幾つか気がついたことがあったんだよ。その一つに、これまでの成功体験を捨てきれず、EVの時代が来てもなお、これまでトミタが培ってきた車造り、販売方法のノウハウがまだ通用すると諸君が考えている節が見られたことがあってね」

楕円形《だえんけい》の机を囲む役員たちの視線が、俄《にわか》に厳しくなるのを感じながら、村雨は続けた。

「率直にいって、私はトミタに限らず、既存の自動車メーカー、いや大半のメーカーは従来の事業形態を根底から見直さねば生き残れない時代に突入しつつあると、大変な危機感を覚えているんだよ」

「それはどういうことでしょう。社長がたった一人で、この計画を立案し、企画書にまで纏め上げた理由とどう関係するんですか？」

それをこれから話そうというのに、末木はあからさまに挑戦的姿勢を露《あら》わにする。

「末木君、話は最後まで聞くもんだよ」

諫《いさ》めた村雨だったが、すぐに口調を和らげた。「まあいいさ。おそらく次に、なぜガルバルディを新型エンペラーの開発に加わらせるのか。トミタには優秀な人材がいるのに、なぜ外部の人間をプロジェクトマネージャーに就けるのか。そして最後に、こんなのはトミタの車とはいえない、ということだろうから、それと併せてこたえることにしよう」

「えっ……」

図星を指されて、末木は瞳《ひとみ》をせわしなく動かしながら口を噤《つぐ》む。

「その前に一つ訊《き》くが、トミタがＥＶ市場で勝者となり、勝者であり続けるためには、何が重要になると思うかね？」

「それは技術力であり、販売力であり……」

「つまり、従来通りのトミタであっても十分勝てると、君は考えているわけだ」

「これまで、我が社は市場環境の変化、新技術の出現等、時々の状況に応じて適切な策を講じてきました。日々問題点の抽出に努め、改善に改善を重ねてきたのがトミタの歴史であり、社風です。社風というものは、一朝一夕にして出来上がるものでもなければ、廃れるものでもありませんし、トミタを支える確固たる基盤であり続けると私自身は考えております」

「つまり、基盤が強固であれば、その上に建つものは自在に変えられる。だから、いたずらにいじる必要はないというわけかね？」

「そうではないとおっしゃるのなら、その理由を是非お聞きしたいと思います」

挑戦的な眼差しを向け、末木は問う。

「私はＥＶ市場において、勝敗を分ける鍵《かぎ》となるのはスピードだと考えている。そして、いまのままでは、その点が我が社の弱点となる可能性が高いと危惧《きぐ》しているんだ」

「スピードとは、どのような部分でのことですか？」

「万事においてだ」

村雨は断じた。

「ひょっとして社長は、企業や組織の大きさが、ＥＶ市場の覇権を争う上で有利になるどころか、不利になるとお考えなのですか？」

「その通りだ」

村雨は躊躇《ちゅうちょ》することなく返した。「フェイスブックの創業者のマーク・ザッカーバーグは、かつてこういったことがある。『素早く動いて破壊せよ』とね……。末木君、君にはこの言葉が意味するところが分かるかね？」

「さしずめ、資金力、組織力、人的資源といった点では大企業に太刀打ちできないが、機動力は格段にベンチャーが勝る。大企業が身動きが取れないでいる間に、市場を押さえてしまえ……といったところでしょうか」

「残念だが、いま君が大企業の優位性として挙げた三つの中にも、ベンチャーが絶対的に優るものが一つある」

「えっ？」

「人的資源だよ」

村雨は目を細め、末木の顔を見据えた。「ベンチャー経営者の頭の中には、起業した時点で、どんな物を造るのか、何を目指すのか、ゴールまでの明確なビジョンができあがっているんだ。そして、そこに集まってくるのは、経営者がゴールを目指す上で必要な人間たちなんだ。そんな連中を相手に、大企業が太刀打ちできると思うのかね？　だってそうだろ？　人が多けりゃ多いほど、新しい仕事を任せ得る適任者を探すのは難しくなるに決まっているじゃないか」

末木は視線を逸《そ》らし、ついには下を向いて押し黙る。

村雨は続けた。

「企業において仕事は与えられるものであり、選ぶことはできないんだ。会社から任命されなければ、どれほど優れた才能や能力を持っていても、仕事に従事することはできないんだよ」

「私もその考えを聞いて、なるほどと思ったね」

氷川がはじめて口を開いた。「最初から明確なビジョンがあるのと、会社に任命されてから考え始めるのとでは、完成度も要する時間も雲泥の差だろうし、大組織には根回し、調整が付きものだ。まさに船頭多くして船山に上るってことも多々起こるからね」

氷川が賛意を示したのでは、反論するのも憚《はばか》られるのだろう。先程までの勢いはどこへやら、末木はすっかり意気消沈して肩を落とすばかりだ。

「社長がおっしゃることはごもっともですが、それとガルバルディがどう関係するのですか？　そこのところが今ひとつ理解できないのですが」

代わって問うてきた枝島に、

「新しいビジネスモデルを確立する、絶好の機会だと思ったんだ」

村雨はいった。「適材適所という言葉があるが、先にいったように、これだけ大きな組織になると、適材を見つけるのは困難だ。これぞと目した社員がいても、今現在抱えている仕事もあれば、優秀な部下であればあるほど手放したくはないのが上司というものだ。ならば、今後開発するＥＶは、全てプロジェクト制とし、外部に人材を求めるのもよしとすべきだとね」

役員たちの間から、どよめきが起きた。

そんな中にあって、

「外部に人材を求める？」

またしても枝島が一際大きな声で疑念を呈する。

「もちろん、社内のリソースでの新型車の開発は継続して行うが、優れたコンセプトを持ち、かつ技術力があるにもかかわらず、資金面で開発が思うように進まないでいるベンチャーや企業も少なくないはずだ。そうした先を探し出し、資金と施設を提供することで新型車の開発スピードを上げ、ＥＶ市場での優位性をいち早く確立――」

「ちょっ、ちょっと待って下さい」

その時、枝島が村雨の言葉を遮った。「それって、有望なコンセプトを持っている会社を買収するってことですか？」

「そうじゃない。双方が抱えている問題を補完しあうことで、新型車の開発速度を上げ、いち早く魅力的なＥＶを市場に送り出そうと考えているんだ」

そして、村雨はすかさずいった。「実は、これにはモデルがあってね」

「モデル？」

「メタバースを手がけている、ベンチャーの経営形態にね」

メタバースは、コンピュータやコンピュータネットワークの中に構築された三次元仮想空間のことで、その中で商業行為をはじめ様々なことを行うことができる。

「メタバースも極めて有望、かつ巨大な市場になると期待され、開発競争が繰り広げられているところは、ＥＶとよく似ているのだが、君、メタバースがどんなものか、知ってるよね」

そう問われた枝島は、「ええ……」と返してきたのだったが、その声のか細さからして、ほとんど知識を持っていないのは明らかだ。しかし、そんなことはどうでもいい。

「注目すべきは資金力、人的資源に乏しいベンチャーが、どうやってこの市場に参入しようとしているかでね。中には会社を設立しても、正社員はほとんど持たず、コンセプトに共感し、かつ実現する技術力を持つ者を、プロジェクト毎に経営者が集める会社もあるんだ」

業界が大変革の時代を迎えようとしているいま、近未来の社会を一変させる可能性を秘めた新ビジネスの動向に注意を払い、研究するのは経営者の義務といえる。

特にメタバースは、将来ＥＶにも、何らかの形で導入される可能性はなきにしもあらず。いま挙げたベンチャーの例も、その研究の過程で知ったことの一つである。

「つまり、会社として参入を目論《もくろ》んでいるように見えても、実のところはプロジェクトの各フェーズごとに、メンバーが集合離散を繰り返すというわけですか？」

末木が驚いた様子でいう。

「もちろん、全てのベンチャーがそうだとはいえないが、経営的見地からすると、実に理に適った組織のあり方だと思うね」

「成功の度合いにはよるが、当たれば想像もつかない富が得られるのがベンチャーの最大の魅力だからね」

氷川が村雨の言葉を継いだ。「そこで得た資金を元手に次のプロジェクトを立ち上げるもよし、他のプロジェクトに参加するもよしだが、基本的に彼らはフリーランスだ。時々のニーズに応じて、これぞと見込んだ人材を連れてくるというのは実に合理的だね。これなら常に適材適所が可能になるし、余剰人員を抱えることもないからね」

「ここまでいえば、なぜガルバルディをこのプロジェクトに参加させるのか、なぜ篠宮さんをリーダーに据えようとしているのか、その理由を理解してもらえると思うが？」

村雨は一同を見渡すと、声に力を込めて宣言した。「トミタには国内向けの高級車を開発するノウハウはあっても、世界で認められる高級車を造るノウハウはない。高級車造りのノウハウがあるガルバルディと篠宮さんの力を借りるのが、もっとも理にかなっていると確信しているからだ」

居並ぶ役員の大半が困惑する内心を露わにし、ある者は天井を見上げ、ある者は腕組みをしながら、複雑な表情をしていた。

そんな中にあって、またしても異議を唱えたのは末木だった。

「考え通りにいくものでしょうか。既にバッテリーやシステムの研究開発の現場では、多くの社員が働いているんです。いまのお言葉からすると、社長は自社開発に拘るのはリスクがある、その時点で最も優れた製品やパーツを外部から調達すれば最適化が図れるとおっしゃっているように聞こえるのですが、ならば研究開発部門なんかいらなくなってしまいますが？」

これも、想定された指摘である。

端《はな》から提案を潰すつもりでいる人間には、一貫した主張はない。巷間《こうかん》、「ああいえば、こういう」という言葉があるように、あくまでも反対をつらぬくものだからだ。

「全てを外部調達で賄うといっているんじゃないんだ」

村雨は即座に返した。「もちろん研究開発は、これまで通り続けるよ。そこで、もう一つ訊きたいんだが、例えばバッテリーの専門メーカーが新製品を開発し、うちに採用を打診してきたとしようか。性能は明らかに、うちのバッテリーに優る。それでも、あくまで自社開発品に拘るのかね？」

「そ、それは……」

末木は、視線を落として口籠《くちご》もる。

「いくらトミタの自社開発品だといっても、性能が劣るんじゃ売れるわけがないよな。EV市場が本格的に開けるのはこれからだ。バッテリー、システム、関連製品もまだまだ発展途上にあることを考えれば、いま挙げたような事例に直面する事態も頻繁に起こり得るんじゃないのかね？」

「ですから末木君は、研究開発部門をどうなさるつもりなのかと訊《たず》ねているのですが？」

傍らから枝島が口を挟んだ。

ここに至ってもなお、この二人は過去の成功体験を捨て切れないでいるらしい。

確かに、トミタは自動車業界の雄ではある。

だが、それはガソリンエンジン車での話で、ＥＶ市場において勝敗を分ける鍵となるのはスピードだといったばかりなのに、まだ理解できないでいるようだ。

「研究開発は従来通り行えばいいんだよ。現に十四車種ものＥＶの同時リリースに目処《めど》がついたんだからね。バッテリーに関しても、自社開発を止めるつもりはない。ただし、自社のものに優る性能を持つ製品が出てきたら、そちらを採用するのに躊躇しない。開発部門は負けを認め、さらに優れた製品を造りあげるべく鋭意努力せよといってるんだよ」

苛立《いらだ》ちのあまり、思わず村雨は声を荒らげてしまったのだが、

「まあ、その件は、いまここで議論しなくともいいじゃないか。話を元に戻そうや」

氷川が割って入ると、話を続ける。

「私は、村雨君の提案を全面的に支持するよ。開発の意義もしかりだが、なんといっても海外の高級車市場にトミタが打って出るのは、はじめてのことだからね。ガルバルディとの共同開発となれば、大変な話題になるだろうし、何といっても、販売に際してガルバルディの顧客リストを使えるのは大変な魅力だよ。それに、ＥＶの時代になっても、このレベルの高級車の需要は廃れはしないだろうからね。うちのビジネスの領域を広めるという点においても、やる価値はあると思うね」

「しかし、会長……」

それでも末木は何かいいたげに、言葉を発しようとしたのだったが、氷川はそれより早くいった。

「プロジェクトマネージャーが社外から招聘した人間であろうと、要はユーザーの購買意欲をそそる車、売れる車ができればいいんだ。それにメカは、トミタOBがやるんだ。高齢化が進む日本で、退職者が古巣に戻って現役の間に身につけた知識や技術を生かせるなんて、素晴らしいじゃないか」

末木は苦々しい顔をして口を噤む。

「いずれの観点からも、大変意義があるプロジェクトだと思います」

その時、壇がはじめて口を開いた。「OBを参加させるのも、メタバースのプロジェクト制に倣ってのことだと思いますが、最後のガソリンエンジン車である以上、開発終了と同時にチームは解散となるのですから、その点からも理に適っています。ガソリンエンジン車のモニュメントとなる新型エンペラーの開発に相応《ふさわ》しいご提案だと私は思います」

突然賛意を示した壇を、枝島は嚙《か》みつきそうな形相で睨《にら》みつける。

しかし、壇は構わずに続けた。

「それに社長はあくまでもモデルケースにしたいとおっしゃっているだけです。つまり、やってみて駄目なら止めるか、あるいは改善すべき点が見つかれば修正し、ブラッシュアップした上で次に活《い》かせばいいのです。まずはやってみるべきだと思うのですが？」

「壇君はそういうがね。じゃあ、うまく行かなかったら誰が責任を取るんだね？　当たり前に考えれば発案者、社長ということになるが、それでも構わんというのかね？　仮に新型エンペラーが完成する前に代替わりしていたら、今度は就任後もプロジェクトを続行させた次期社長が責任を取ることになるんだよ。その時君は先頭に立って、責任を追及する覚悟があるのかね」

村雨には枝島の狙いが透けて見えるようだった。

ビジネス環境が日々変化するものである以上、進行中のプロジェクトのキャンセルはまま起こる。所謂《いわゆる》『損切り』というやつだが、その時点までに費やされた金額が大きければ大きいほどキャンセルの決断は難しくなるものなのだ。

つまり、枝島はこういっているのだ。

もし、その時お前が社長であったなら、責任を負う覚悟はあるのだろうな、と……。

壇は枝島に挑戦的な視線を向けると、

「もちろんです」

きっぱりと断言した。

3

トミタ本社の大会議室に、新型エンペラー開発プロジェクトのチームリーダーたちが一堂に会したのは、役員会議から二ヶ月が過ぎた頃のことだった。

まず最初に新型エンペラー開発の発案者である村雨が、今回のプロジェクトの意義と目的を説明し、次いで総指揮を執る凛を紹介した。

取締役会でプロジェクトが正式に承認されたことを知らせると、凛はただちに帰国の準備に取りかかった。そして、ひと月後に帰国すると、開発拠点となる富士の研究開発センターの付近に住居を置き、プロジェクトの開始に向けて動き出していた。

「今回、プロジェクトリーダーの大任を仰せつかりました、篠宮凛と申します」

登壇した凛は、続けて自分の略歴を披露した後、今後のプロジェクトの進め方の説明に入った。

まず最初に、新型エンペラーのコンセプトを文書化してメンバー全員で共有すべく、チームリーダーが一堂に集い早急に〝概念設計〟を完成させることの重要性を説き、続けて開発期間、予算は厳守であること、各パートの進捗《しんちょく》状況や問題点を共有するために、チームリーダーミーティングを毎週月曜日に開催することを告げ、挨拶を終わらせた。

それから、メンバーの選出を担当した戸倉が全員を紹介し終えたところで、初会合は終了となった。

もちろん門出の日には、宴席がつきものだ。

村雨は、キックオフパーティーが行われる〝トミタ倶楽部〟へ向かおうとしたのだが、

「社長……ちょっとよろしいでしょうか」

と背後から呼び止められて足を止めた。

声の主は戸倉だった。

その顔に困惑の色が浮かんでいるような気がして、村雨は問うた。

「どうかしましたか？」

果たして戸倉は、無言のまま部屋の隅に村雨を誘うと、声を潜めて話し出した。

「門出の場でこんなことをお話しするのは気が引けるのですが、実はメンバーの中に、開発方針に不満を漏らす者がおりまして……」

「不満？」

「二つありまして、一つはプロジェクトリーダーに、社外から招聘した人間を据えたこと――」

何をいまさら、といいたくなるのをすんでのところで堪《こら》え、戸倉の言葉を遮って村雨は問うた。

「篠宮さんがリーダーに就任するのは、事前に説明なさったのでしょう？」

「もちろんです」

「ならば、そんなのは無視すりゃいいじゃないですか。彼女の下で働くのを承知の上でメンバーになることを承諾したんですから」

戸倉は村雨の言葉にこたえることなく、話を続ける。

「もう一つは、ガルバルディが開発したエンジンとシャーシの採用を検討するということでして……」

さすがにこれには驚いた。

というのも、このことを知っているのは、凜以外には役員会の場にいた者だけだからだ。

「どうして、その話を？」

そう問うた村雨に、

「では、本当のことなんですね」

戸倉は念を押すように問い返してきた。

「篠宮さんが話すべきことだし、いずれ話があるでしょうから、敢《あ》えて触れませんでしたが、ガルバルディから申し出があったのは事実です」

さすがの戸倉もこれには驚いた様子で、何かをいいかけたのだったが、それより早く村雨は続けた。

「ただ、決定したわけではありませんよ。おっしゃるように、検討する、とガルバルディに伝えただけですので」

「そうですか……」

その理由を訊ねないところが、いかにも戸倉らしい。

エンジンとシャーシは自動車の根幹ともいえる最重要部分である。

他社が開発したものを、トミタが採用した例は、いままでただの一度もないし、検討するだけでも考えられないことなのだ。

何か理由がある。考えがあってのことに違いない。そして、それはいまここで自分が知る必要はない。

戸倉は、そう考えたのだろう。

果たして戸倉はいう。

「今回集まったプロジェクトメンバーは、私が最適任と見込みチームリーダーに据えた人間が選んできたOBで構成されています。皆優秀ですし、車造りに賭《か》ける情熱も人一倍強いのですが、その分だけトミタの技術力には誇りと絶対的自信を持っておりまして……」

「それは分かりますが、これまでのエンペラーは高級車とはいっても、日本だけでの話です。ワールドクラスの高級車とは――」

「もちろん、そのことは重々承知しております」

戸倉は村雨の言葉が終わらぬうちにいった。「しかし、篠宮さんの件に関しては、リーダーに相応しい資質、実績を持つOBはたくさんいる。現役社員の中からリーダーを選ぶとなればベストは難しいかもしれないが、OBならば話は別じゃないかと……」

そうした不満を覚えるのも理解できないではないが、すでに任命してしまった以上、変えることはできないのが人事というものだ。

「会社の人事ですよ」

村雨は苦笑しながら、小さく溜息《ためいき》をついた。「誰とは訊きませんが、その人だって定年までトミタに身を置いてきたんでしょう。好きや嫌いで上司を選ぶことができないことは、百も承知しているでしょうに」

「それはおっしゃる通りなのですが……」

戸倉は困惑した様子で、視線を落とす。

「それから、エンジンとシャーシですが、正直な話、私は検討に値すると考えておりましてね」

「それも、うちが世界レベルでの高級車を手がけたことがないからですか?」

「それだけじゃありません。新型エンペラーのコンセプトはまだ完全には固まっていませんが、第一新型と謳《うた》うからには、すでに使用実績があるエンジンをそのまま使うわけにはいかないでしょう」

「ですが社長、開発部門ではこれまで、様々なシャーシやエンジンの開発が行われてきたはずです。トミタの技術の集大成というなら——」

どうやら相当な反発、突き上げを受けたのだろう。それも一人、二人ではあるまい。そうでなければ、ここまで食い下がることはないはずだ。

そこで村雨は、戸倉の言葉を遮り、

「いいでしょう。検討する価値はあると申し上げた一番の理由をお話ししますが、その前に、一つお訊ねしたいことがあります」

そう前置きすると続けていった。

「ガルバルディが検討して欲しいといっているエンジンとシャーシは、どちらも新型高級車用に自社で開発したもので、既にテストも終わっているそうなんです」

「テストが終わっているって……。それじゃいつでも新型車に搭載できるところまで仕上がっているってことですか？」

「不思議だと思いませんか？　完成した新型エンジンを自社で使わず、うちに採用を検討してくれなんて、なぜガルバルディはいい出したのか」

「私はてっきり、まだ完全には仕上がってはいない代物だと思っていたのですが……」

「その理由は、いずれはっきりするでしょうが、EVの時代への対応を迫られてのことだろうと私は睨んでいるんです」

「といいますと？」

「ご存じの通り、ガルバルディが製造しているのはスポーツカーと超高級車の二車種だけです。いずれＥＶの製造に特化せざるを得なくなるのでしょうが、そうなるとスポーツカーは、ガルバルディの魅力とされてきた、エンジン音が完全に消えてしまうんです」

「なるほど、愛好者を惹《ひ》きつけて止まなかったガルバルディ・サウンドもガソリンエンジンならではのこと。モーターは、ほとんど無音ですからね」

「魅力の一つだった、加速性能も同じです。ＥＶの加速性能は、ガソリンエンジン車を遥《はる》かに凌《しの》ぎますからね。つまり、ＥＶでガルバルディらしさを出せる部分は、外観、内装、機能しかないということになるわけです」

「外観はまだしも、機能とはシステムのことですよね……。そこで差別化を図るというのは、ちょっと難しいかもしれませんね……」

「スポーツカーを所有するのは見栄《みえ》もあるでしょうが、ドライビングを楽しむ目的もあるでしょう。しかしそれでも、ナビやオートクルーズ、衝突防止や音楽の再生といった、いまや大抵の車に搭載されている機能だけで十分ですからね」

「確かに……」

「さらに高級車となると、事情が全く違ってくるんです。ガルバルディの高級車は、ほぼ例外なく専属ドライバーが運転しますのでね。移動中オーナーは後部席に座っているだけですから。そこに独自性を持たせるとなると、これはさらに容易なことではないでしょうね」

「システム開発のために新たに人を雇うとなると、それ相応の数になるでしょうし、開発を外部に委託する手もありますが、いずれにしても独自性を出すとなると、かなりの資金が必要になりますね……」

「開発費は販売価格に反映されます。その時、ただでさえ製造台数が少ないガルバルディの販売価格は、どうなりますか？」

「なるほど……。ガルバルディ単独では、ＥＶ市場での生き残りは難しいということになりますね」

納得した様子で頷く戸倉に、

「それは、トミタだって同じなんです」

村雨はきっぱりといい放った。「篠宮さんは戸倉さんに、ガルバルディのエンジンとシャーシの採用の可否を最優先で検討するよう要求してきますよ。なぜなら、ガルバルディとどんな関係を築くかがトミタの将来を左右することになるかもしれないのを、一番よく理解しているのは篠宮さんだからです」

「トミタの将来を左右する？」

戸倉はきょとんとした顔になって問い返してきた。

「自動車産業は自社開発に拘っていたのでは、生き残れない時代になっているからですよ」

村雨はこたえた。

「そして、もう一つ、ＥＶによって劇的に変わるのが走行可能距離による車種の細分化です。長距離を滅多に走らないユーザーには、短距離仕様のＥＶを製造することで、販売価格を格段に安くできますのでね」

「ＥＶで最も値が張るのがバッテリーですからね。短距離限定の仕様にすれば、製造コストは格段に抑えられるというわけですか……」

「ガソリン車の場合は燃料タンクを小さくしても、然程《さほど》意味がありませんが、ＥＶは違うんです。極端な話、同じ車種でも低容量のバッテリーを搭載することもできますのでね。これはあくまでも一例であって、既存の自動車メーカーにとっては発想の転換を求められる部分が多々あるのです」

事の深刻さを察したらしく、戸倉の喉仏《のどぼとけ》が上下するのが見て取れた。

そこで村雨は問うた。

「戸倉さん、軽自動車の一日の平均走行距離って、どれくらいかご存じですか？」

「いいえ……」

「所有者の八十五パーセントが、五十キロ未満なんですよ」

「五十キロ未満？」

「軽自動車は圧倒的に地方での使用率が高いんです。なにしろ生活の足ですからね。通勤や買い物に使うわけですから、使用頻度は高い反面、長距離を走る人は、本当に少ないんですよ」

「ということは、日常生活に使うと割り切れば、五十キロ走る性能が確保されていれば十分だということになりますね」

「実際、その層を狙った安価なＥＶが日本でも販売開始されますのでね」

「それは、他社が？」

「もちろん……。それも中国メーカーが……」

戸倉は愕然《がくぜん》とした面持ちで沈黙する。

村雨は続けた。

「正直いって、製造コストの点では中国製のＥＶには敵《かな》いません。それに、バッテリーを開発する技術力も、今や中国が最も優れているといっても過言ではないところまできていますしね……」

「品質、耐久性、信頼性にも問題はない。かつてのような安かろう悪かろうではないとおっしゃるのですね」

「それは、実際に使ってみないことには分かりませんけどね」

村雨は、薄く笑うと首を左右に振った。「ただ、もしも、中国製のＥＶが日常生活を送る上では十分事足りる。費用対効果では、むしろ優れている。そんな評価が定着すれば、トミタはそれこそ死活問題に直面することになりますよ」

「分かります、分かります……」

戸倉は沈鬱《ちんうつ》な表情を浮かべ、二度三度と頷く。「戸建て住宅ならば、充電設備は簡単に取りつけられますし、台数が増えるにしたがって、充電インフラの整備も進むでしょうからね。それに、地方では一家で複数台車を所有する家庭も少なくありませんから、長距離走行が可能な車を一台だけ持てば、不自由することもないでしょうからね」

「性能、安全性、コストパフォーマンス、その全てが揃ってしまうことになるんです。ならばその時、トミタはどこに活路を見いだしたらいいのでしょう」

「苦しい言葉に聞こえるかもしれませんが、車は日常の足となるだけではなくて、自己満足といいますか、所有欲を満たす物でもありますので――」

「そこなんです」

村雨は、戸倉の言葉半ばで肯定した。「安価なEVを造るという点においてはトミタのみならず、世界の名だたる自動車メーカーも、中国メーカーにはまず太刀打ちできません。独自の技術で、安価に製造できるバッテリーを開発しない限りはね……。ならば、どんなEVで戦うべきかとなれば、こたえは一つしかないじゃないですか」

「ローエンドを押さえられたら、ハイエンドを狙うしかありませんね」

「だからガルバルディなんですよ」

村雨は顔の前に人差し指を突き立てた。「新型エンペラーはトミタとガルバルディがコラボで造る、最後のガソリン車です。トミタの高い技術と日本の伝統技術がふんだんに使われ、さらにガルバルディの高級車造りのノウハウ、イタリアの伝統技術もふんだんに盛り込まれている。そんな車が完成すれば、世界の富裕層の注目を集めないわけがないじゃありませんか」

「つまり、EV市場で生き残るためにも、ここでガルバルディと手を組んでおくべきだとおっしゃるわけですね」

「下から上に攻めるのが難しいなら、上から下へ攻めるしかありませんからね」

村雨はニヤリと笑った。

「上から下へ？」

戸倉は怪訝《けげん》な表情を浮かべる。

「いまはEVの黎明《れいめい》期といえる時代ですが、早晩爆発的に普及していくことは間違いないんです。そして次に来るのは完全自動運転技術の実用化です」

「おっしゃる通りですね」

「となればですよ。運転から解放されたユーザーは、車を購入する時に、何を重要視すると思います？」

「中長距離の移動であれば居住性、そして車内で退屈することなく過ごすための機能の豊富さといったところでしょうか」

「そして、ＥＶになろうとも、車は所有欲を満たすものであり、見栄を張る道具でもあるのに変わりはないとなれば？」

「つまり、新型エンペラーの開発で学んだガルバルディの高級車造りのノウハウを生かし、セカンドグレード、サードグレードとクラスダウンしたＥＶを製造することを考えておられるわけですね」

「今後の展開次第では、トミタのセカンドブランドとして販売してもいいかもしれませんね」

戸倉の顔に、はじめて笑みが宿った。

「これで、なぜガルバルディなのかがはっきりと理解できました。社長がおっしゃった理由をそのまま聞かせれば、彼らもきっと納得してくれると思います」

「もちろん、そうなることを願ってはおりますが、だからといって、採用に関する基準を妥協せよといっているのではありませんからね。本当に使えるものなのか、慎重に調査、分析した上で判断なさってください」

「そこは十分心得ておりますので、どうぞご安心を……」

戸倉の仕事への取り組み方に対する信頼は、いささかもゆらいではいない。

村雨は、目元を緩ませながら、大きく頷くと、腕時計を見やった。

「あっ、急がないと。キックオフパーティーがはじまる時間です」

# 4

大半をトミタOBが占めるメンバーの中で、凛が外部から新たに招き入れた人間たちで構成されたチームがある。

内装を担当するチームがそれだ。

チームリーダーは尾館《おだて》ひなたといい、美術大学で日本美術を専攻し、卒業と同時に東京の旧財閥系団体が運営する美術館に職を得た。そこで十年ほど勤務した後、かねて深い関心を寄せていたイタリア美術を研究するために、フィレンツェの大学院に留学、修士号を取得した。

凛がひなたと出会ったのは四年前、ガルバルディ本社の敷地内の一角に設けられた歴代のガルバルディ車を一堂に集めた博物館でのことだった。

たまたま博物館に足を運んだ凛の前に、休暇でミラノを訪れていたひなたが現れたのだ。

外地で長く暮らす身には、日本人との出会いは嬉《うれ》しいものだ。まして、ガルバルディの博物館を訪れる日本人女性は滅多にいない。

「日本の方ですか?」

凛が話しかけると、どうやらひなたも日本語での会話が懐かしかったらしく、たちまち話に花が咲いたのだったが、聞けば凛と同じく大学時代に美術を学んだという。

以来、凛はミラノ、ひなたはフィレンツェと、居住地は違うものの親交を深めることになったのだった。

そんな経緯もあって、イタリアを離れる理由を話したところ、ひなたは帰国後の凛の仕事に強い興味を示した。考えてみれば、日本、イタリア双方の美術に通じたひなたは、内装のコンセプトを固める上で、最適な人材であるように思われた。

そこで、プロジェクトメンバーにならないかと誘いをかけたところ、ひなたは二つ返事で快諾したのだった。

「これ、前にお話しした、内装に使えそうな日本の伝統工芸技術をピックアップしてリストにしたものです。尾館さんは専門家だから、これ以外にも検討に値するというものがあれば、幾らでもつけ加えていただいて構いませんので……」

「リストは後でじっくりと拝見させていただきます」

凛が差し出したファイルを膝《ひざ》の上に置くと、「なんだか、凄《すご》く不思議……。まさか凛ちゃんと一緒に仕事をするようになるなんて、考えてみたこともなかったわ」

ひなたは感慨深げにいう。

「ほんとですよねえ……」

凛もまた同じ思いを抱いてはいるのだが、一つだけ気になっていたことがある。

「でも、よかったのかしら……」

凛はその思いを口にした。「せっかくフィレンツェの美術館に職を得たのに、このプロジェクトに巻き込んじゃって、何か道を誤らせちゃったような気がして仕方がないの……」

「そんなことないわよ。だって、正規採用じゃないから薄給だし、日本時代の蓄えを切り崩しながら何とか暮らしてきたけど、イタリア暮らしももう八年。そろそろ潮時かなあって考えていたところだったのよ。私にとっては渡りに船。声を掛けて貰ったことに感謝しているわ」

「そういってもらえると、気が楽になるけど……」

「それに面白くて、やり甲斐《がい》のありそうな仕事に思えたしね」

目元を緩ませながらも、ひなたは真剣な眼差しでいう。「美術館の仕事も様々だけど、普段扱う美術品は展示、保存するものであって、陶器にしたって造られた当時は生活用品でも、今後二度と使われることがないものばかりだからね。この仕事はそこが違うのよ。美術的価値があるものを内装に使うことで、自動車の価値を高めようってんだもの、こんな面白そうな仕事は滅多にあるものじゃないわ。即断即決よ」

「その分だけ使用環境は厳しいから、制約はたくさんありますけどね。温度や湿度を一定に保つことはできないし、冬は零下二十度、夏は五十度、六十度になることだってある。漆のような温度や湿度に敏感なものは使えないし、布だって難燃性の物を使わなければならないとか……」

「だから、やり甲斐があるんじゃない」

ひなたは、笑みを浮かべる。「工夫次第で、伝統技術の用途が広がるかもしれないんだもの。凛ちゃん……あっ、上司に向かってさすがにこれはまずいわね。篠宮さん、声をかけてくれた時にいってたじゃない。用途が広がり、伝統工芸従事者の収入が増せば、後継者も現れるかもしれない。今回のプロジェクトは、廃れゆこうとしている伝統工芸技術を継承するという点でも、意義がある仕事になるんだって。その一言にも心を動かされたんだから」

心強い言葉に安堵した凛は、

「ありがとう、尾館さん……」

改めて礼を述べると、「あの……さすがに他の人がいる時はまずいけど、二人の時は篠宮さんなんて呼ばなくていいからね」

誰が聞いているわけでもないのに、小声でいった。

「分かった。そうさせてもらうわ」

クスリと笑うひなただったが、一転して真顔になると、「ところで内装は、ガルバルディも並行してデザイン開発を進めるのよね」

話題を転じてきた。

「帰国する度に驚くんだけど、東京ではベントレーは一昔前のベンツ並み、最近ではロールスロイスだって頻繁に見かけるように、日本人の外国車嗜好《しこう》は高まる一方だし、そのクラスの高級車を買えるだけの富裕層がいることは確か。じゃあそういった人たちが日本の伝統技術を結集した新型エンペラーに興味を示すか、興味を示しても買うのかとなると、今ひとつ分からないのよ。日本の伝統技術に興味を示すとしたら、むしろ外国人だろうから、日本人向けにガルバルディ仕様も造るべきだと考えたの」

「確かに選択肢は多いに越したことはないけれど……。でもバリエーションを増やせば増やすほど、販売価格は高額になっていくわよね」

「新型エンペラーはファッションに喩《たと》えるのならオートクチュールですからね。ターゲットは、ガルバルディを買えるほどのお金持ち。それはワールドクラスの超富裕層になってしまうわね」

「でも、販売台数が少ないと、日本の伝統工芸継承の支えには――」

「それは新型エンペラーに限っていえばね」

話を遮った凛に、ひなたはすかさず問うてきた。

「じゃあ、次があるってわけ？」

「実は、村雨社長にはお考えがあってね――」

それから、新型エンペラーをトミタの高級車のフラッグシップとし、グレードを落とした車種をトミタのセカンド、サードブランドとして、今度はＥＶで販売する構想を話して聞かせると、

「なるほどねえ、ビジネスマンって、ちゃんと次を見据えてプランを立てているのねえ。やっぱり凄いわ。さすがだわ」

ひなたは感心しきり、感嘆するかのように唸《うな》る。

「もちろん、こちらはオートクチュールとはいきませんけどね。でも、新型エンペラーには手が出ないけど、この値段なら……というユーザーは間違いなくいるでしょうからね」

「それこそ、日本人向けと外国人向けの両方を用意すると良さそうね。ならば新型エンペラーは和洋折衷、内装の一部にだけガルバルディのコンセプトを取り入れるってのもアリかもね」

「アリじゃなくて、是非考えてみるべきよ」

凛は即座にこたえた。「どの部分にどんな素材を使い、どんなデザインを施すのか。可能な限りユーザーの希望にこたえるのが、この車の基本コンセプトの一つですからね。選択肢は多

ければ多いほどいいわけだし、この部分は和風で、この部分は洋風でというお客様がいれば、極力こたえるようにするに越したことはないんだもの」

「凜ちゃん、一つ訊いてもいいかしら」

そこで、ふと何かを思いついたように、ひなたがいった。

「なんなりと」

「お客様に仕様を決めてもらうのはいいけれど、それどうやってやるの？　だって、ターゲットは世界の富裕層なんでしょう？　ガルバルディの顧客リストが使えるんだから、セールスはかけられるんだろうけど、カタログでデザインを決めてもらうわけにはいかないじゃない」

確かに、いわれてみればその通りだ。

内装をユーザーが自由に決められることをオートクチュールに喩えたが、衣服の場合はデザイナーが顧客の意向を聞きながら、デザインや生地を提示し、両者間で合意を見たところで服の製作がはじまるのだ。

営業マンが直接顧客の下に足を運ぶ？　それとも、顧客がデザイナーを雇う？

どちらにしても、とても現実的とは思えない。

考えの至らなさに愕然となって、言葉を失ってしまった凜だったが、

「あの……ビジネスのことなんか全く分からない私が、こんなことをいうのもどうかと思うんだけど……」

意外にもひなたには何かアイデアがあるらしい。

「なあに？　なにか考えがあるなら、聞かせて？」

縋《すが》る思いで凛は促した。

「メタバースを使ったらどうかしら」

「メタバース？」

「私が働いていたフィレンツェの美術館では、館内をメタバース上の仮想空間に再現して、展示物を公開しようって構想が検討されていたの。専用ゴーグルが必要だけど、コンピュータネットワーク上に再現された三次元空間の中を、さながらそこにいるように体験できるのね」

「新型エンペラーの車内を、メタバースの技術を使って再現して、お客様に内装のシミュレーションをしてもらおうってわけか！」

なんという、素晴らしい着目点。なんという、素晴らしいアイデア。

確かにそれならば、カタログ不要。営業マンが実際に顧客の下に足を運ぶ必要もない。

「オートクチュールというなら、ボディカラーとか、その他諸々《もろもろ》、お客様の希望を反映させなければならない仕様は多々あるはずだし、メタバースの世界であれこれやりながら仕様を決められるなら、お客様も楽しいと思うのね」

「尾館さん。それ！　いい！　素晴らしいアイデアだわ！」

凛は、興奮のあまり大声を上げた。

筋のいいアイデアというものは、瞬時にして新たな発想を生むものなのかもしれない。

三次元化された仮想空間の中で、購入する自動車の仕様を決める。

この構想が実現し、好評を博せば、今後トミタが発売する新型車の販売促進活動、ひいては受注方式を劇的に変える可能性がある、と凛は直感した。

カタログが不要になるのはもちろんのこと、オプションパーツを取り付けた後の仕様が即座に再現されるのだから、顧客のイメージとのミスマッチなど起こりえない。顧客の満足度が向上するだけでなく、納得がいった時点で、購入ボタンをクリック。そのデータは瞬時にして工場に転送されるのだから、素材や部品の調達は完全に自動化できるし、工場の生産効率も格段にアップすることになる。

さらに魅力的なのは、メタバースの技術はまだ黎明期にあり、今後目覚ましいスピードで進歩していくのが確実であることだ。

メタバース上における三次元空間の再現性や機能が進化するにつれ、実物とのギャップはますます小さくなっていく。そうなれば、もはや実車を見ずとも、家にいながらにして車を買える。つまり、ディーラーどころか、ショールームすら不要となってしまうこともあり得るのだ。

もちろん、その際には大量の失業者が生ずることになるのだが、企業において、人件費は最大の固定費だ。それを劇的に減らせるとなれば、経営サイドにはとてつもない魅力と映るだろう。

「それと、もう一つ。凛ちゃん、さっき新型エンペラーは高額になるっていったわよね」

ひなたは念を押すように問うてきた。

「ええ……。そういったけど？」

「どれほど台数が捌《さば》けるか、出してみないと分からないっていうなら、新型エンペラーの外観、仕様が確定した時点でメタバース上に再現して、生産を開始する前に先行予約を受けつけたらどうかしら」

目から鱗《うろこ》が落ちるとはこのことだ。

ひなたのアイデアに凛は舌を巻き、ただただ見詰めるばかりとなってしまった。

「現物と完全に一致するとまではいかないけど、買う買わないを判断するには十分だと思うのね。しかも、世界のどこにいようとアクセスできるんだから、それなりにオーダーは集まるんじゃないかと思うんだけど」

門外漢の思いつきだといわんばかりに、ひなたは遠慮がちにいい、凛の反応を窺《うかが》う。

「尾館さん……それ、凄くいい。やりましょう、メタバース……」

凛は、鳥肌が立つような興奮を覚えながらいった。

「でもさ、メタバースをやれる知識や技術に長《た》けた人って、トミタにいるのかしら。だって、この手のビジネスは――」

「フィレンツェの美術館は、どうやろうとしていたの？」

言葉の途中で問うた凛に、ひなたはこたえる。

「もちろん、やるなら外部に委託するしかないわよ。だって、美術館にそんなことやれる人、いるわけないもの」

「そうね。いないなら外から連れてくるか、開発を委託するしかないわね」

凛は微笑みながらいった。「尾館さん、これ、凄いことになるかもしれないわよ」

「凄いこと？」

「私の想像する通りになればね……」

「どうせ聞いたところで、私には理解できないだろうから、楽しみにしておくわ」

ひなたは、膝の上に置いていたファイルを持つと、

「とにかく早々にリストを検討して、リサーチに入ることにするわ。進展は随時報告いたしますので……」

椅子から立ち上がり、打ち合わせを終わらせた。

## 5

「なるほど、内装仕様と先行予約にメタバースですか……」

村雨が凛からの電話を終えたところで、壇が感じ入った様子で唸った。

「新型エンペラーの販促と受注にメタバースを使いたいのですが……」と凛が電話で相談を持ちかけてきたその時、折しも別件で壇が来室していたので、村雨はスピーカーフォンに切り替え、二人で聞くことにしたのだ。

「篠宮さんは知らなかったようだけど、自動車メーカーの中には、既にこの技術を使って、試乗体験をさせているところがあったよね」

村雨が問うと、

「ええ、まだそれほど多くはありませんが、行っているメーカーはありますね。ただ、販促にどれほど効果を発揮しているかまでは分かりません。メタバースの可能性を探るためのテストという意味合いでやっているのだと思うのですが、こと新型エンペラーの販促と受注には打ってつけのツールかもしれませんね」

「この発想はなかったなあ……」

感嘆する村雨に、壇も同様の反応を示す。

「ほんと、いわれてみればってやつですよ。既に不動産業者の中には壁紙や絨毯《じゅうたん》、インテリアの仕様をメタバースで施主にシミュレートさせたり、賃貸物件の紹介に使ったりしているところもありますからね」

「IT技術は、本当に凄《すさ》まじい速度で進化し続けているんだなあ……」

「大半の人は、ITの世界で何が起きているか、起きようとしているか、皆目見当がつかないでしょうが、メタバースが大きな可能性を秘めているのは間違いないと思います。インターネット、AIに続く大変革を世の中にもたらすという声もありますが、決してオーバーとはいえないかもしれませんね」

「そうはいわれても、こうなると私の想像の域を超えてしまうね」

村雨は、正直な感想を口にした。

「この技術が進歩していけば、物理的に移動することなく、家に居ながらにして世界中のあらゆる場所や施設を実際に訪ねたのと同様の体験ができます。会社に行かずとも、ネット上の疑似空間の中で、同僚と会議をし、仕事をすることも可能になるといわれていますのでね」

「物理的に移動せずともねえ……。それじゃあ、世の中引き籠もりばっかりになってしまうじゃないか」

もちろん冗談であるのは壇も承知だ。

「とはいえやはり、疑似体験と実体験は違いますよ。空気や、匂い、食べ物の味、人間だって実際に会ってみないことには、分からない部分がたくさんあるじゃないですか。ただ……」

　苦笑を浮かべた壇だったが、そこで突然、語尾を濁す。

「ただ、何だね」

「対面販売で行われていたビジネスは、それでも減っていくかも知れません。それはつまり、雇用の減少につながるわけで――」

「それはそうだろうね。まあ、しかし、そうした負の局面はあるにしても、革新的なツールなのに違いはないね」

　村雨は、そう答えたのだったが、「でも、メタバース界隈に今ひとつ動きが無いように思えるのはなぜなんだろう」

　ふと思いついた疑念を口にした。

「一つは、世間を熱狂させるようなコンテンツやビジネスがまだ現れていないこと。もう一つは、専用のゴーグルが必要だからでしょうね」

「まだまだ黎明期。伸びしろは計り知れないが、ビジネスとして形になるまでには、相応の時間がかかるというわけか」

「パソコンだってそうでしたからね」

　壇はいう。「何をするにしても、プログラムを自分で書かなければならなかった時代には、一般家庭にパソコンなんかありませんでしたからね。それがアップルが登場した途端、爆発的に普及し出して、ウィンドウズが現れた途端、さらに大爆発。インターネットの出現と重なって、今のような社会になったんです」

「そう考えると、新型エンペラーの販売を機にビジネスに活用するというのは、メタバースの可能性を探る上でも絶好のタイミングといえるかもしれないね」

「私もそう思います」

壇は即座に同意する。

「新型エンペラーの基本価格が決まるのはまだ先ですが、トミタ史上最高額になるのは間違いありません。購入に興味を示す客には、ゴーグルの一つや二つ、ただで配ったってどうってことありませんからね」

「そこで培ったノウハウを以て、ＥＶの受注や販促にメタバースを使い、さらに部品調達、工場の生産管理へとシステムを繋《つな》げていけば――」

「そりゃあ、生産コストは劇的に下がりますよ」

壇は村雨の言葉を先回りすると続けた。

「それに、メーカーとユーザーが直で結ばれることになるんですから、実現した暁にはディーラーなどの中間コストは劇的に削減できますね」

しかしこれは、言うは易し、行うは難しの典型である。

何しろ、確立されたビジネスモデルを自ら破壊し、再構築するのである。しかも職を失う社員が大量に出る上に、業績を落とすことは許されないのだ。

まさに洋上で沈みゆく船から新しい船へ、バランスを崩すことなく乗り移るようなもので、フィルム産業を筆頭に失敗例は数多《あまた》あっても、成功例はほとんど皆無といっていいのが現実だ。

「やれると思うかね？」

村雨の問いかけに、

「やれるかではなくて、やらなければなりません。どっちにしたって、来るものは来るんです。不都合な現実、未来から目を背けていては、トミタといえども、将来はありませんからね……」

それが自分の役目になることを先刻承知している壇は、決意の籠もった声で続ける。

「第一、現状の体制を維持していたのでは、EV市場を新興企業に握られてしまうのは、もはや時間の問題です。実際、日本の自動車メーカーの腰がひけている間に、アメリカのEV市場における韓国メーカーの動きが、いよいよ本格化してきているんです」

壇は、テーブルの上に置かれた資料に手を置き、話を元に戻しにかかる。

凜の電話で中断してしまったが、壇が来室していたのは、アメリカのEV市場に大きな動きがあったことを報告するためである。

「しかし、韓国メーカーのアグレッシブさには、改めて感心するね」

村雨は素直な感想を口にした。

壇が手を置いた資料には、アメリカ市場での韓国製EVの販売動向が記してあった。

「アメリカのEVメーカーには遠く及ばないとはいえ、既に日本の他社が先行して販売している台数を抜き去って、その差は開く一方なんです」

「アメリカのEVのトップメーカーが十年かかった販売台数を、半年もかからないうちに売り上げて、さらに伸び続けているんだから、正直なところ内心穏やかざるものがあるね」

「アメリカのトップメーカーが十年で売り上げた台数は、EVの黎明期のものといえます。それをたった半年で上回ったということは、ＥＶの評価が完全に定まって、ガソリンエンジン車から乗り換える層が確実に大きくなっていることの現れであると同時に、韓国車がそれだけ売れているということでもあるんです。その結果、ＥＶは韓国車で十分というイメージが市場に定着してしまえば、トミタといえども、ＥＶ市場でシェアを確保するのは容易なことではありません」

壇のいうことは、もっともに過ぎる。

村雨は、重い息を吐くと、

「韓国ＥＶがこれほど好評を博すとは想定外だったが、うちにはガソリン車で得た絶大な信頼がある。信頼を裏切らず、期待にこたえる車を造り続ければ、トミタのＥＶは必ず売れる。そう信じてやるしかないな」

そう締めくくり、村雨は壇との会話を終わらせた。

## 6

富士にある研究開発センターの広大な敷地内には研修所が設けられている。

二階の会議室に各チームのリーダーが集まり、新型エンペラーの概念設計を確立する会議がはじまった。

研修所には宿泊施設が併設されており、一週間泊まり込みで、午前八時半から午後四時半までを目処に、昼食と午前、午後に一度ずつ、それぞれ十五分間の休息時間を持つ以外は、会議室に籠もって議論を重ねるのだ。

会議に先立って、凜が概念設計とは何か、その目的と意義を説明し終えた途端、待ち構えていたように、チームリーダーの一人が「よろしいでしょうか」と手を挙げた。

もちろん、リーダーの名前と顔は、頭に叩《たた》き込んである。

エンジン担当チームのリーダー、荻原だ。

「どうぞ……」

凜が発言を促すと、

「トミタ従来の新型車開発プロセスとは全く異なることに、正直戸惑いを覚えております」

荻原は、いきなり疑念を呈し、発言を続ける。

「トミタでは新型車を開発するに当たって、チーフエンジニアがコンセプトを固め、開発チームを指揮してきました。ならばプロジェクトマネージャーである篠宮さんが原案、つまり叩き台を我々に提示した上で、細部を固めていけばいいのではないかと考えるのですが?」

もちろんトミタの新型車の開発手法は調べてある。

凜は頷くと口を開いた。

「ご質問におこたえする前に、一つ荻原さんにお訊ねしたいことがあります」

顔と名前を覚えられていることが意外だったのか、荻原は少し驚いたような表情を浮かべる。

「荻原さんには、新型エンペラーをどんな車にしたいのか、ご自身に考えはおありですか?」

「そりゃあ、ありますが、私はエンジン一筋でやってきた人間です。それ以外の部分については、全くの門外漢ですので、素人同然の人間があれこれ――」

「でも、ご自身でも自動車を所有していて、普段運転なさっていらっしゃるんですよね？」

凛は、荻原の言葉を途中で遮った。

「もちろんです」

「ならば、こんな車に乗ってみたい、こんな機能があればいいな、自分ならば、この部分をこうするとか、いろいろ思われることもあるんじゃありませんか？」

「もちろんありますよ」

当たり前だといわんばかりに、荻原はこたえる。

「概念設計というのは、皆さんがどんな車を造りたいのか、その思い……というか夢を纏め、全員が共有するためのものなんです。ですから、実現できるかどうかは、このフェーズでは一切考慮していただかなくて構わないのです」

「実現できるかどうかは考えなくていいといわれましてもねえ……」

苦笑する荻原から視線を外し、凛は居並ぶ一同を見渡しながらいった。

「皆さんは、車造りのプロ中のプロです。実現性は無視して構わない、夢を語れといっても、真っ先に気になさるのがコストでしょうが、敢えてそこは無視してください。とにかく、こんな技術、こんな素材を使ってと、とことん夢を語りあっていただきたいのです」

「なるほど、夢ですか……」

戸倉が感心した様子で唸る。「その点はＦ１マシンの開発プロセスと似たところがありますね。厳しい規定は設けられてはいますけど、その範疇で最高の素材、最高の技術を駆使して、最高のマシンを造るべく知恵と想像力を振り絞るのですが、そこにコストって概念はほとんど入りませんからね」

「いや、しかしですねえ、F1は勝つためのマシンですからそうした考えも通用するでしょうが、新型エンペラーは販売を目的に作る車ですよ。コストは考えなくていいといわれましてもねえ……」

そういう荻原を一瞥《いちべつ》すると、凛はホワイトボードに「Feasibility Study」と文字を書き、

「フィージビリティー・スタディ……。つまり概念設計の実現可能性の有無は次のフェーズで検証します」

再び一同を見渡した。

「だったら、二度手間になりませんか？　概念設計の段階で、実現可能性を同時に検討すれば、一度で済むじゃないですか？」

そう問うてきたのは、ボディ設計のチームリーダー、氏家裕樹《うじいえゆうき》だ。

「フィージビリティー・スタディの目的は、どうしたら夢、つまりは概念設計に限りなく近づけられるかに知恵を絞ることにあるんです。端《はな》から実現可能なアイデアばかりで、概念設計を纏めたのでは、夢の車には遠く及ばないものになってしまいますので……」

「すると、このフェーズは各チームで行うことになるんですね」

「そうなります。各チームで検討した内容は、都度リーダーミーティングの場で報告していただき、全員で議論した上で以降の方向性を修正、共有していくことにします」

そこで、戸倉が口を開いた。

「篠宮さんはこの手法に慣れているようですけど、ガルバルディはこうしたやり方で、新型車の開発を行っているのですか？」

付き合いは長いが、凛はガルバルディの車造りのノウハウを戸倉、松浦の両名に話したことはない。

「その通りです」

凛は頷いた。「ただ、ガルバルディ独自のものではありません。大きなプロジェクトになると、最初に概念設計に着手する企業は多いと聞きます」

どうやら戸倉も、トミタの流儀で仕事をしてきたらしく、

「ふ〜ん。そうなんだ……」

はじめて知った様子で、小さく呟《つぶや》く。

「もちろん、トミタのように独自のノウハウを確立した企業も多々あるでしょうが、ガルバルディは二代目の辺りからこのやり方で、新型車の開発を進めてきたと聞いています」

凛の言葉に、すかさず反応したのは、またしても荻原である。

「でも、車造りのプロといっても、ここにいるチームリーダーは、それぞれ専門分野を持っているんです。勝手に夢なんか語りはじめたら、喧々囂々《けんけんごうごう》、収拾がつかなくなってしまうんじゃないのかな」

最初の質問からして、荻原がトミタの流儀に拘っているのは明らかだだが、これは凛が総指揮を任されたプロジェクトである。

そこで、凛はきっぱりといった。

「喧々囂々の議論になっても構わない。むしろ、そうなって欲しいと私は願っています」

「だから、それじゃあ、時間を浪費するだけで――」

「議論がどうして時間の浪費になるんですか？」

凛の指摘に、

「えっ？」

荻原は顔を強《こわ》ばらせ、言葉に詰まる。

「この車は、トミタが造る最後のガソリンエンジン車なんですよ。長くこの仕事に携わってきた皆さんの夢を叶《かな》える最後のチャンスなんです。こんな車を造りたい。造ってみたかった。ここにいらっしゃる全員が、そうした想いを抱き続けてきたはずだと私は思っているのですが？　それとも、私が考える夢の車を造るために、このプロジェクトに参加なさったとおっしゃるのですか？」

凛の言葉に全員が沈黙する。

「違うでしょう？」

凛は続けた。

「皆さんが抱かれている想いを出し合いながら議論を重ね、よし！　これこそが思い描いてきた夢の車だ、これで行こうと合意に至ったところに生まれるのが、私たちが目指す新型エンペラーの姿なのではないでしょうか」

こういわれれば、荻原に返す言葉などあろうはずもない。

なぜなら、ガルバルディはこうやって、世界の超富裕層に愛される高級車を造り続けてきたからだ。

「篠宮さんのいう通りだよ」

すかさず戸倉が口を開いた。「このプロジェクトに参加するメンバーは、二度と車造りに携わることはないと思っていた者たちばかりのはずだ。こんなチャンスに巡り合えたことに誰しもが感謝しているだろうし、だからこそここにいるんだろ？」

会議室の雰囲気が一変した。

戸倉の言葉に聞き入るチームリーダーたちの目が炯々《けいけい》と輝き出すのが見て取れた。燠火《おきび》となっていた車造りへの情熱に、風を送り込まれたがごとく、炎となって燃え上がろうとしている気配を感じた。

戸倉は続ける。

「一つ訊くが、君たちは今まで自分が開発に携わった車に、不満や後悔を覚えたことはなかったのかね？　どうしてここはこうしなかったんだ、こうすれば良かったのにと、思ったことは一度もなかったのか？　思ったとしても、そこは自分の担当外だ、チーフエンジニアが決定したことだと、口にしなかっただけなんじゃないのか？」

誰も言葉を発しなかった。

つまり肯定したのだ。

「まして、ワールドクラスの高級車なんて、これまでトミタは一切手がけたことがないんだよ。つまり、トミタには、このクラスの車を開発するノウハウはないんだ」

戸倉はさらに続ける。

「だから社長は、このプロジェクトのマネージャーに篠宮さんを任命したんじゃないか。そして、それなのに、トミタを愛して止まない君たちに、トミタの最後となるガソリンエンジン車の開発に携わるチャンスをくれたんだ。だから篠宮さんは、君たちの思いを聞かせてくれといっているんだよ。こんな有り難い話はないじゃないか」

戸倉はそういい放つと、一同を睥睨《へいげい》するように見渡した。

長い沈黙があった。

だが、それは決してネガティブなものではない。

果たして、次の瞬間、

「その通りです！」

という声が上がるや、盛大な拍手が沸き起こった。

新型エンペラーの開発が、いよいよ本格的に動きはじめた。

# 7

「元気でやってるかね、リン？」

パソコンの画面の中で、笑みを浮かべるルイジ・ガルバルディが話しかけてきた。

「ええ……。概念設計のフェーズを終えて、いよいよ本格的にプロジェクトが動き出すところです」

研修所に併設された宿泊施設の一室で、凛もまた笑みを浮かべながらこたえた。

「毎日のように顔を合わせてきた君の姿が見えなくなってしまうと、寂しいというか、なんとも奇妙な思いに駆られてね」

　苦笑しながら、ルイジはいう。

「私もすっかりイタリア暮らしが長くなってしまいましたし、考えてみたら日本企業で働くのは、これがはじめてなんですよね。勝手が違うというか、戸惑うことも多々ありますし、何かの拍子に、まだ心はガルバルディにあるような気がして、ちょっぴり変な気持ちになってしまうことがあるんです」

「そういってもらえるのは嬉《うれ》しいし、それでいいと思うね」

　穏やかな笑みを湛《たた》えたままだが、ルイジの眼差しが真剣なものになる。「ムラサメさんは、新型エンペラーにガルバルディの技術を取り入れること、つまりコラボにすることの了承を役員会で取りつけてくれた。どの程度うちが関与することになるかは君が決めることだが、どんな結論になろうと、私は君の判断を百パーセント支持するし、全面的にバックアップするつもりだから、何かあったら遠慮なくいってきて欲しい」

「つまり、今はトミタの社員であっても、未《いま》だガルバルディの社員でもある、とおっしゃるわけですか？」

「心情的にはね……。だからといって、うちは給料は出さんよ」

　ルイジはそういうと、愉快そうに笑い声を上げる。

　釣られて凛もまた、笑ってしまったのだったが、

「ところで今日連絡したのは、君に話したいことがあるからなんだ」

ここからが本題だとばかりに、ルイジは笑みを消した。

「なんでしょう……」

「ＥＶのことだ」

もちろん、ガルバルディにＥＶを開発する計画があるのは承知している。

「いよいよ、開発に本格的に着手するのですか？」

「実は今日の昼間、ムラサメさんとズームで話す機会を持ったのだが、そこでムラサメさんが今回のコラボを機に、トミタとガルバルディで高級ＥＶの開発、製造販売におけるパートナーシップを結ばないかと提案してきてね」

実のところ、その件については、既に村雨から相談を受けていた。

ルイジはたったいま、「ガルバルディの社員でもある」といった凛の言葉を否定しなかったが、本当はそれは違う。いまは凛は、トミタの組織に身を置いているのだ。相手がルイジであろうと村雨の許しを得ずして、社内の情報を口にすることはできない。

「新型エンペラーだけではなく、ＥＶでもですか？」

白を切るのは忍びないが、凛は少し驚いた仕草を装った。

「知っての通り、うちは自動車メーカーとしてはとても小さな会社だ。同レベルの知名度のメーカーの中で比べれば、世界一小さなメーカーといってもいいだろう」

「車好きの中での知名度は、世界一といってもいいと思いますけど？」

冗談をいったつもりはないが、少しは笑ってもよさそうなのに、ルイジは真剣な表情を崩そうともしない。

「ムラサメさんがいうには——」

それからルイジは、村雨がなぜこんな提案をしてきたのか、その狙いを話しはじめた。

村雨は、ガルバルディがEV市場においても従来通り世界の富裕層をターゲットに超高級車を製造し続けるのなら、システムをどうやって充実させるのか、人材、資金面の双方に目処《めど》はついているのかと、最初に突いてきたという。

さらに、ガルバルディのオーナーは自らハンドルを握らないことを考えれば、先端技術を使って後部空間の機能を充実させることは必要不可欠だが、ガルバルディに独自で開発する能力があるのかと問い、家庭や職場、あるいは社会インフラとの融合性にも随時対応していかねばならないことを指摘してきたのだという。

「確かに、ムラサメさんのいうことはもっともでね」

ルイジは深刻な声でいう。「車体や内装といったハードの部分に関しては、長年に亘《わた》って培ってきた技術とノウハウがある。だがシステムは別だ」

「そうですね……。かといって、外注というわけにもいきませんしね……」

「モーターもバッテリーも、さらにはシステムまでも外部調達で造った車なんて、ガルバルディとはいえないよ」

ルイジは、苦々しげに吐き捨てると、続けていう。

「もっとも、EVとなるとさすがのトミタも安泰とはいえないようでね」

「といいますと？」

「トミタ最大の収益源となってきた大衆車の市場では、今後、既存の自動車メーカー、ベンチャー、異業種からの新規参入組が入り乱れての激烈なシェア争奪戦がはじまり、早晩価格競争へと発展していくことが避けられないからさ」

「価格競争となれば、開発から製造までを自社で行える企業が有利になるのでは？　その条件を全て満たしているのは、いまのところ大手自動車メーカー以外には数社しかないと思いますが？」

「問題は中国だよ」

凜は、「あっ」と声を上げそうになった。

村雨からはガルバルディとトミタでのEV開発構想については聞かされていたが、市場の変化、特に中国勢の脅威には村雨は一切触れていなかったからだ。

もちろんEV、特に大衆車の市場において、そう遠くない将来、中国車が脅威になるのは凜も承知している。だが、このところ新型エンペラーの開発に没頭するあまり、EV市場への関心が薄れてしまっていたのだ。

「部品、資材、人件費は圧倒的に安い上に、政府が命令すれば、法律だってどうにでもできる国だからね。価格競争となれば、外国車に高い関税を課すとか、中国車に限定して補助金を出すとか、国産EVの販売促進策を打ち出すことができるんだ。そんなことをやられようものなら、他国のメーカーは太刀打ちできないし、世界最大の自動車市場は中国車の独擅場《どくせんじょう》になってしまう」

ルイジの見解に間違いはないし、そう聞くと村雨の狙いが見えてくる。

「ということは、村雨さんは、激烈な競争を強いられるのが明白なEVの大衆車市場では、従来の収益性も販売台数も維持することは不可能だ。減じる収益を少しでも補うためには、他社の追随を許さない高い付加価値を持つ車、超高級車市場に力を注ぐしかない。そう考えてＥＶの開発でもパートナーシップを結ぶことを持ちかけてきたわけですね」

「正直なところ、これはうちにとっても願ってもない提案でね。とはいえ、こちらにも条件がある」

ルイジはニヤリと笑うと、話を続ける。

「パートナーシップを結んだ後も、フラッグシップとなるＥＶの最高級車種は、ここミラノで開発し、製造を行うことだ。ガルバルディの伝統を守り、従業員の雇用を維持し、職人の技を継承していくためにもね……。もちろん、トミタの技術は積極的に取り入れるし、ガルバルディの開発、製造ノウハウは、惜しむことなくトミタに提供することを約束するよ」

ルイジはパートナーシップというものの、事実上はガルバルディがトミタの傘下に入ることを意味する。しかし、これは驚くようなことでもないし、ガルバルディにとっても、決して悪い話ではない。

というのも、自動車業界ではメーカーの系列化が進んでおり、ガルバルディのように独立性を保っている会社の方が珍しいからだ。

買収にせよ、合併にせよ、目的は、双方が持つ強みをさらに高め、あるいは弱点を補完し、指揮系統を統一することで企業体質を向上させることにある。だが、ガルバルディは、製造台数があまりにも少なく、かつ極めてニッチな客層を対象にしているとあって、傘下に置く価値がないとされてきたのだ。

「トミタが条件を呑《の》むのなら、是非パートナーシップを結ぶべきです。まあ、呑めないとはいわないと思いますけど……」

「私も、そう思っている。だから、新型エンペラープロジェクトは、絶対に成功させなければならないのだ。君が造るエンペラーは、ガソリンエンジン車としては最後のエンペラーだが、ガルバルディ初のＥＶのベースとなる車になるかもしれないんだからね」

「そういわれると、ますます意欲が湧いてきました」

凛は、画面の中のルイジに向かっていった。「こんな大きなチャンスに巡り合えたのは、ガルバルディが私に車造りの全てを学ぶ機会を与えて下さったからです。本当に感謝してもしきれませんし、恩も感じています。そしてそれはルイジ、あなたに対する恩でもありますので……」

それは凛の偽らざる本心だった。

「優秀な人材にはいつまでもいて欲しいと経営者は誰しもが願うものだ。そして、それを可能にするのは、ただ一つ。これぞと見込んだ人間には、チャンスを与え続けることなんだ」

ルイジは、そこで満面の笑みを浮かべると、「だって、そうだろ？　優秀な人間は、同じフィールドで結果を出し続けるだけじゃ満足しない。挑戦し続けることを望むものだからね。新たなフィールドにチャレンジして、そこでまた結果を出す。そう思ったからこそ、私はリンにチャンスを与え続けたんだ。そして、君はことごとく期待にこたえてみせた。ただそれだけのことなんだよ」

掌中の珠《たま》を愛《め》でるかのような眼差しを向けてきた。

「期待を裏切らないよう、全力を尽くすことを約束します」

凛は声に決意を込めた。「いまのお話を聞いて、ガルバルディの技術やノウハウを取り入れるハードルが格段に低くなりました。最高の車を造るためには、制約が少ないに越したことはありませんので……」

ルイジは、満足げに頷くと、

「願わくは、新型エンペラーを見事仕上げた後で、また一緒に仕事ができればいいのだがね……。もっとも、トミタが君を手放せばの話だが……」

呵々《かか》と大きな笑い声を上げた。

冗談めかしてはいるが、ルイジの本心からの言葉なのは間違いない。

だが、いまは先を考える時ではない。

「いまの言葉、録音しておけばよかった……」

凛もまた冗談めかしてこたえると、その日の会話を終わらせにかかった。

8

概念設計を終え、新型エンペラーのコンセプトが固まると、次はスペックを詳細に詰めるフェーズに入る。

まず最初に、決めなければならないのは、新型エンペラーの車体のサイズと搭載するエンジンの排気量である。

もちろん、凛の頭の中には新型エンペラーの青写真はすでにあるが、優れたアイデアがどこに埋もれているとも分からないのは、新型車の開発に限ったことではない。

異論噴出、喧々囂々の議論になるのは当然のことだし、むしろそうなるのが望ましい。なぜなら、激論を交わした末の結論は、開発に携わるメンバーたちが納得したもので、後はゴールに向かって突き進むだけとなるからだ。

果たして凛が開口一番、

「車体のサイズは、全長五・五メートル強、車幅一・九メートル強、車高一・五メートル強、エンジンの排気量は六千七百CCを目処に考えています」

と切り出した途端、「ちょっとよろしいでしょうか」と手が挙がった。

見れば、エンジン担当チームのリーダー、荻原である。

「荻原さん、どうぞ……」

凛が促すと、荻原はあからさまに険しい表情を浮かべ、口を開いた。

「それ、ロールスロイスを念頭においたスペックですよね」

「その通りですが?」

「新型エンペラーは国際基準の高級車、それもトップクラスの高級車にするのですから、ロールスと同等のサイズにするのは分かるんですが、となると、シャーシ、エンジン共に、一から開発することになるわけですか?」

「少なくとも、新型エンジンについては、トミタのものを使うことは現実的ではないと考えています」

凛がそうこたえた瞬間、室内にどよめきが起きた。

「えっ？　自社開発のエンジンを使わない？　そんな馬鹿な！」

「理由は二つあります」

怒気を露わに声を荒らげる荻原を凛は制すると、説明に入った。

「実は、プロジェクトのメンバーが決まるまでの間に、トミタ社内で進んでいた新型エンジンの開発状況を調べてみたのです。約十二件のエンジンの開発が行われていて、うち大排気量は三件。二件は未完成で、その中の一件は、エンペラーに次ぐトミタの高級車種のフルモデルチェンジ用に開発中だったのですが、キャンセルされたのです。なぜそうなったか、理由は皆さんもご存じのはずです」

沈黙する一同に向かって、

「遠からず、製造車種をＥＶに一本化すると、会社が判断したからです」

ピシャリといってのけると、凛は勢いのまま話を進めた。

「未完成のエンジンを完成させるとなると、相応の時間と費用がかかります。世界の自動車市場がＥＶに変わろうという時に、自社開発に拘り、時間と費用を費やすのは得策ではありません。次の新型エンジンにつながるというなら別ですが、ガソリンエンジンの余命は僅《わず》かなのです。費用対効果が悪すぎます」

ここにいるメンバーたちだって、現役の間は、決められた予算内で結果を出すことを会社から要求され続けてきたのだ。時間と費用を持ち出されると、さすがに反論できない。

一同が苦虫を嚙み潰したような表情をして押し黙る中、凛は続けた。

「理由の二つ目は、このプロジェクトが、トミタの将来の戦略に関わっているからです」

「ガルバルディのエンジンやシャーシを使うことと、トミタの将来がどう関係するのかな？」

荻原は、さもガルバルディの技術を優先するつもりなのだろうといわんばかりに、胡乱《うろん》気《げ》な眼差しを向けてくる。

「十四車種ものＥＶのラインナップを一気に揃えられたのは、さすがですが、売れるかどうかは分かりません。ＥＶの大衆車市場では、これまでのトミタの優位性が失われてしまう可能性が極めて高いのです」

この発言は看過できないとばかりに、たちまち会議室の中は不穏な熱量で満たされる。

「ちょっと待ってくれ。ＥＶ市場ではトミタの優位性が失われるだって？　そんな馬鹿な話があるか！　製品に対する信頼性に基づくブランドイメージってものは、一朝一夕でできあがるものじゃないんだよ。創業以来、他社に勝る車、世界一の車を造ろうと、先達が血の滲《にじ》むような思いをしながら開発に取り組んで、ようやく手にしたものなんだ」

「では、その理由を申しあげます」

凛はそう前置きすると、ＥＶの生命線といえるバッテリーについては、原材料の調達、性能においても中国が圧倒的に優位であること、次いでユーザーのニーズに応じた車種が既に相次いで登場し、日常生活で使うと割り切れば極めて安価で購入できることを説明し、

「中国では、ＥＶ市場へ参入しようと目論んでいる企業やベンチャーが千を超えるといわれているのです。いいですか、千ですよ」

凛は一同を見渡しながらいった。

さすがに、数の多さに驚いたのか、会議室は一転静まり返った。

凛は続けた。

「もちろん、その全てが開発に成功するわけではありません。開発できたとしても、大半は生き残ることができないでしょう。ですが、仮に千の中の十社でも、激烈な競争に勝ち抜いたメーカーが脅威となるのは間違いありません。ならばその時、トミタはどこに活路を見いだせばいいのでしょう?」

誰も言葉を発しない。

消費者の支持なくしてメーカーは存続し得ない。しかもEVは新産業。既存の自動車メーカーも、新興企業も、一線に並んでスタートを切ることになるのだ。千社の中から勝ち抜いた企業との戦いが、いかに厳しいものであるのかを理解したのだ。

「加えて政府命令一下、いかなる政策も通ってしまうのが中国です。国家経済の見地からしても、EV市場を制することは、中国が自国の柱となる新産業を手にすることを意味するのです。これまで海外メーカーに牛耳られてきた巨大な市場を一気に奪還する、またとないチャンスの到来なのです。それが証拠に、既にEVを含む新エネルギー車への補助金政策を打ち出し、普及台数は爆発的に伸びる一方ではありませんか」

そこで、凛は一旦言葉を区切ると、

「新エネルギー車が中国政府の国家主導プロジェクトに指定されたのは、いつのことだかご存じですか?」

一同に向かって問うた。

思った通り、皆一様に困惑した表情を浮かべるばかりで、こたえる者は一人として現れない。

「二〇〇七年ですよ。それほど前から、中国政府はＥＶ時代の到来を見据えて、準備を重ねてきたのです」

凛は声に力を込めた。「補助金政策が打ち出されたのは、ＥＶの販売が開始されてからのことですが、中には上海《シャンハイ》市のように、補助金は中国国内で製造された新エネルギー車に限るとしているところもあるのです」

「それならトミタだって、中国には工場を持っていて――」

「どんな政策が打ち出されるか分からないのが中国なんですよ」

苦し紛れに反論に出ようとした荻原を、凛はピシャリと遮った。「政策として打ち出さずとも、部材、部品の納品価格を高く設定するとか、海外メーカーに不利になるよう命令することだってできますからね。性能に大差がないのに、中国メーカーの販売価格の方が圧倒的に安いとなれば、ユーザーはどちらのＥＶを購入するでしょうか？」

こたえは明らかだ。

しかし、誰一人として言葉を発しない。

凛は続けた。

「となれば、トミタが取るべき戦略は限られます。それは、新型エンペラーの開発で培った超高級車造りのノウハウをＥＶ開発に生かす。新型エンペラーのＥＶを頂点として、クラスダウンしたＥＶを製造し、大衆車へと繋げていくことです」

戸倉が凛の言葉を継いで口を開いた。

「社長とガルバルディのオーナーとの間で、高級EVの開発は、ガルバルディと共同で進めていく方針で意見が一致しているそうだよ」

「では、我々にどんな仕事をしろと？　ガルバルディのものを使えとおっしゃるのなら——」

「やることはたくさんあるじゃないか」

戸倉は荻原の言葉を遮った。「何も、そのまま使えといってるんじゃない。部品の材質、精度、構造だって、トミタならこのレベルを求める、トミタの技術を使えばもっと良くなる、そういうことがきっとあるに違いないさ。我々がこれまでに身につけたエンジン、シャーシ、その他諸々の開発ノウハウを、生かす余地は十分にあるはずだ」

そこで戸倉は一同を見渡すと、短い沈黙の後、止《とど》めとばかりにいった。

「そうだろ？　我々は世界最高峰の車を造り続けてきたんだぞ？　自社開発品にしたって、改良、改善の余地がないなんて、一度たりとも考えたことはなかったはずだ。そのまま使えばいいというのなら、我々の技術力はガルバルディ以下だと認めるも同然じゃないか。それに、EV市場においても世界のトミタであり続けるために、ガルバルディはメーカーとしてあり続けるために、両社は新型エンペラーの共同開発に同意したんだ。もはや、トミタとガルバルディは一心同体。運命を共にする間柄だ。どちらのエンジンを使うかなんてことに拘っている場合じゃないだろ？　ガソリンエンジン車史上、最高の車を造ることができるかどうかに、トミタの将来がかかってるんだ」

「その通りだと思います」

メンバーの間から声が上がると、安堵したように、戸倉は破顔し、

「エンジニアや技術者、呼ばれ方は様々だが、とどのつまり俺たちは車造りの職人なんだ。企業人人生を車造りに賭けてきた日本とイタリアの職人同士が、知恵を搾り合い、手を取り合って、最後のガソリンエンジン車、それも最高峰の車を造ろうってんだ。それこそ職人冥利《みょうり》に尽きるってもんじゃないか」

　珍しく、べらんめえ口調で一同を鼓舞した。

　一段と大きな拍手が沸き起こる中で、戸倉は凛を見据えると力強く頷いた。

# 終章

## 1

プロジェクトが本格的に動き始めてから一年半。

新型エンペラーの最終試作車がついに完成した。

村雨と壇が富士の研究開発センターを訪ねてきたのは、その一報がもたらされた直後のことだった。

センターの正面玄関に横づけされたエンペラーから降り立った二人に、

「遠路、ご苦労様でございます……」

凛は歩み寄り、丁重に頭を下げた。

「いやあ、今日はここまでの道のりが、いつにも増して長く感じたねえ。なあ、壇君」

村雨に促された壇は、

「全くです」

と頷《うなず》く。「道中でも新型エンペラーのことで話が弾んでねえ、渋滞にも出会わなかったのに、車の速度がやけに遅く感じちゃって……。とにかく画像や動画を見る限りでは、想像を遥《はる》かに超える仕上がり具合だったからね」

もちろん、開発の進捗《しんちょく》状況は随時報告していたし、その際には画像や動画を添付することもあったのだったが、今日二人に披露するのは、事実上の完成車である。しかも村雨は、「実車を見るのは、最終試作車がテストを終えてから」といい、この日まで研究開発センターを訪れることはなかったので、現物を見るのは今日がはじめてなのだ。

「どういたしましょう。休息を取っていただいてからと考えていたのですが――」

「その必要はないよ。早く見たいんだ。いや、見せてくれ」

凛の言葉を途中で遮る村雨は、まるで子供のようだ。

「分かりました。ではこちらに……」

凛はクスリと笑い、先に立ってガレージに向かって歩きはじめた。

ガレージの中では戸倉の指揮のもと、チームリーダーが中心となって最終試作車を披露する準備に取り掛かっているはずである。

凛は研究開発センターと続きになっているガレージに入ると、ドアを引き開け、

「どうぞ、お入りください」

二人を中に誘った。

「あっ、もういらしたんですか？」

気配を察した戸倉が、振り返り様に二人の姿を目にすると、少し驚いた様子でいった。

「早く見たくてね、真っ直ぐここに来たんだよ」

最終試作車、つまりは販売モデルとなる新型エンペラーを披露するのだ。

やはり些《いささ》かの演出を凝らすべきだと考え、車体は純白の布で覆ってある。それも二台。外見

は同じだが、一台は日本の伝統工芸技術、もう一台はイタリアの伝統工芸技術を生かした内装に仕上げてある。

「ちょっとばかり趣向を凝らすつもりだったんですが、段取り狂っちゃったなあ……」

旧知の仲でもあるし、そもそも戸倉がこのプロジェクトに参加することになったのは、村雨の要請を受けてのことである。

冗談めかしながらも、残念そうにいう戸倉に向かって、

「そんなの、発表会で存分にやればいいじゃないですか。早くその布、どかしてくださいよ」

村雨は焦《じ》れた声を上げる。

「では、私が……」

凛は一台の車に歩み寄ると、布を思い切り引いた。

瞬間、車との間に空気が入り、布がふわりと持ち上がると、新型エンペラーの姿が現れた。

「おお……」

溜息《ためいき》とも、感嘆ともつかぬ声を、二人は同時に漏らす。

車体の色は一見したところ黒なのだが、実のところ限りなく黒に近い藍《あい》色である。

「塗装は従来のエンペラー同様、中塗り、反射層、クリアコート、発色層、クリアコートの五層で、各工程で職人が焼き付けと中研ぎを手作業で行っております。塗料は新たに開発した〝A・i Black〟を採用しました。旧型エンペラーに使われている塗料耐用年数は約八年ですが、こちらは十年。塗料会社の技術と職人の技の結晶と自負しております」

凛が説明すると、

「Ａｉ Ｂｌａｃｋか……。純粋な黒に少しでも別の色が加わると違和感を覚えることもあるけど、これは生命感というか、何か神秘的なエネルギーを感じさせる、実に魅力的な色だね」

村雨は恍惚《こうこつ》とした表情を浮かべながら車体に見入る。

「この他にもボディカラーは五色用意してありまして、その一つがこちらです」

凛は戸倉に視線を向けると、もう一台の車にかけられている布を取り払うよう目配《めくば》せした。

そこに現れた車を見た瞬間、二人は「おお……」と再び驚愕《きょうがく》の声を上げた。

二台目の車体が、透明感に満ちた蜂蜜《はちみつ》色に塗られていたからだ。

「これは……」

壇が息を呑《の》む。

「同じ車とは思えんね……。これほど派手な色を使うと、下品というか嫌味というか、高級車のイメージが損なわれてしまうものだが、これは全くそんなことはない。派手という印象は抱かないし、むしろ神々しさすら感ずるね」

村雨も、ただただ目を丸くするばかりだ。

「これも、塗料会社が新型エンペラー用に開発した新色です。猫目石には蜂蜜色のものがあるのですが、その色を再現して欲しいと依頼したんです」

「なるほど、猫目石ねえ……」

「塗料会社も大変ご苦労なさって、どうしてもイメージ通りの色が出せずにいたのですが、中研ぎの最終工程で卓越した技術を持つ職人さんが研磨を重ねて、ようやくこの色を出すことができたのです。私たちはこの色をハニーゴールドと呼んでおりまして……」

「塗料の開発は日本メーカーが、塗装はうちとガルバルディの職人さんが共同で行ったのだったね」

壇の問いかけに、

「ええ……。塗装は全工程が職人さんの手仕事ですし、ガルバルディが高級ＥＶの開発を行う際のことも考えて、双方で技術を共有し合うことにしたのです。それに、修理の際の手順をマニュアル化しておかなければならないこともありましたので……」

「確かに、全工程が手仕事じゃあ、修理が大変だもんなあ」

村雨の言葉に、凛はすかさずこたえた。

「その点については、特に海外ではガルバルディの代理店がメンテナンスを請け負うことになっております。販売台数が少ないとはいえ、主要国には代理店がありますし、これまでその方法でやって参りましたので……」

「車体も素晴らしくいいじゃないか」

村雨は、腕組みをしながら車体に見入る。「ガルバルディらしさを残すところもあるが、今までのものとはちょっと違うね」

「これも、トミタとガルバルディのデザイナーがアイデアを出し合って最終的にこの形になったのです」

凛は眩《まばゆ》く輝く蜂蜜色の車体に目をやりながらいった。「ガルバルディの特徴は、丸目のヘッドライトとボディの曲線美ですが、今回はボディラインは彼らのデザインを極力反映しつつ、トミタらしさも出すために、ヘッドライトは大きさが違う長方形を縦に二つ並べ、さらにフロント部分の形状も台形にいたしました」

「本当に美しい車ですねえ……」

壇もまた、うっとりするような眼差《まなざ》しで見つめている。

「車内をご覧になれば、その思いをまた新たになさると思いますよ」

その時の二人の驚きようが目に浮かぶのだろう。戸倉は目元を緩ませながらいった。

「どうぞ、こちらへ……」

凜は、Ａｉ Ｂｌａｃｋに塗られたエンペラーの運転席と、次いで後部座席のドアを引き開けた。

新型エンペラーのドアは観音開きになっていることもあって、ただでさえ広い室空間がより広く感じる。

「こ、これは……」

二人が短く呻《うめ》き、息を呑む。

無理もない。贅《ぜい》を尽くした車は多々あれど、これほど日本の伝統工芸技術が生かされた内装は唯一無二。このエンペラー以外には存在しないからだ。

「このＡｉ Ｂｌａｃｋのエンペラーには、日本の伝統技術を可能な限り取り入れてあります。例えばこのシートに使われている革素材は、京友禅の技術を用いて染色したものでして……」

凜は、後部座席を指差した。

「京友禅？ 京友禅って革に染色できるの？」

壇は知らなかったと見えて、目を丸くして問うてきた。

「伝統工芸技術をいかにして守るかに、関係者の皆さんは必死なんですよ。京友禅も和服の需要が減少する中で、このままでは技術の継承が早晩困難になると危機感を抱かれたんでしょうね。そこで、革の染色に京友禅の技術を生かせないかと、試行錯誤の末、製品化することに成功したんです」

「そうなんだ……。いや、まったく知らなかったなあ」

「私だって、彼女に聞くまで知りませんでしたもの」

凜は背後に目をやると、「内装を担当してくださった尾館さんです」

そこに立っていた尾館を紹介し、二人に説明するよう促した。

「印伝をはじめ、日本には伝統的な革の染色技術が少なからずあるのですが、そんな中にあって、京友禅は最も新しい部類のものです。今回、新型エンペラーに京友禅を使うことにしたのは、デザインが非常に豊富、かつオリジナルも可能であることに加えて、京都そのものが世界に通用するブランドであるから。そして、何よりも、難点だった色落ちの問題を完全に克服することに成功したからなのです」

尾館は車内に目を転ずると続けた。

「染色方法だけでも手描き、天然草木染、染め上げようとする柄の色数分の型紙を使って繰り返し染めていく手捺染《てなっせん》、金銀箔《きんぎんぱく》を使ったものと四つありまして、この車の場合、後部シートには手捺染の革を使用し、前席シートの背面には金銀箔を使ったものを使用しております」

「新型エンペラーは完全受注生産だから、シートの柄はオプションの中から自由に選べるってわけだろうが、一体図柄はどれほどあるものなのかな」

壇の質問に、尾館は少し困惑した表情を浮かべこたえはじめる。

「さあ……、幾つになるかは、私にもちょっと分かりかねます。型は何度も使うことができますから、廃棄しなければ増え続けることになりますし、新作だって続々と出てきますのでね。もちろん、お客さまが独自のデザインでとおっしゃるのなら、それも可能です。ただ、手描きや水染は一点ものになりますが……」

「水染？」

「あっ、水染を挙げるのを忘れておりました。水に浮かした染料を、革に転写するのです。こちらは、同じ柄は二度と再現できませんので、カタログには載せられませんね」

「もちろんカタログにはシートも含め、尾館さんお勧めの内装を何パターンか掲載いたしますが、それをお選びになるかどうかは、お客様次第。唯一無二のエンペラーを所有なさりたいと思われるお客様には、いかようにでも対応いたします」

「もっとも、唯一無二をお望みになるお客様は、デザイナーを雇うかもしれませんね。世界最高クラスの超高級車を購入しようというんですから」

口元を緩ませる尾館に、壇は質問を重ねる。

「でもオプションが多すぎるってのも考えものじゃないのかな。プロを雇うにしたって、決めるのが大変じゃ――」

「その点については、後で販売戦略をご説明する際に改めて……」

凛は壇の言葉を遮ると、さらに説明を続けるよう尾館を促した。

「天井部分は、不燃性の繊維を使った西陣織《にしじんおり》を、パネル類には蒔絵《まきえ》細工を施しました。ただ、車内の温度湿度を常に一定に保つことはできませんので漆は使えません。そこで木製の下地に漆の質感を再現する塗料を新たに開発し、その上に職人が蒔絵を描き、クリアコートを重ねることにいたしました。こちらも、お勧めの図柄は用意してありますが、もしオリジナルをお望みならば、いかようにも……」

「さっき、このＡｉ　Ｂｌａｃｋには日本の、ハニーゴールドにはイタリアの伝統技術が使われているといいましたよね？　ってことは、内装も含め、素材やパーツはガルバルディが製造、あるいは外部から調達するものが混在するってことになるのかな？」

そのことは、村雨にはすでに説明済みだが、壇にはまだ伝わってはいなかったらしい。

「そういうことになります」

凛は頷いた。「実際、シートの製造は、全てガルバルディが担当することになっておりまして、お客様が京友禅のシートをお望みならば、京都で染付した革をイタリアに送り、ガルバルディの職人が手作業で製作することになります」

「なんとも贅沢な話だねえ。各パーツの製造を世界レベルで分散してやっているのは、航空機産業ぐらいのものじゃないのかな。自動車業界じゃ、前代未聞だ」

「こうした手法が取れるのも、おカネに糸目をつけない超富裕層にターゲットを絞っているからです。それに内装や外観だけではなく、実際にお乗りになれば、新型エンペラーに大金を支払う価値があると、ますますご理解いただけると思いますよ」

凛の言葉をすかさず戸倉が継いだ。

「いかがなさいますか？　ご自身で運転なさってみます？　それとも後部座席に？」

「オーナーは滅多に運転しないだろうからね。後ろに座らせてもらおうか」

村雨の言葉に、壇は黙って頷く。

「試乗に出るから、扉を開けてくれ」

戸倉は周囲にいたプロジェクトメンバーに声をかけると、運転席に乗り込んだ。

続いて凛が助手席に座ったのと同時に、後部座席に腰を下ろした二人が、「おっ……」というように目を軽く見開き、顔を見合わせる。

「素晴らしい座り心地でしょう?」

凛が問うと、

「正直いって、ちょっとびっくりしたね……」

壇は興奮を隠せない様子である。「ガルバルディの手が加わると、これほどまでに違うとは……。シートの製造をガルバルディに任せたのは正解だよ。今までのエンペラーとは全くの別物だ」

「何代にも亘《わた》ってシート製作一筋、それも手作業の技を受け継いできた職人が造ったものです。この超越したクオリティが、世界の超富裕層がガルバルディを愛して止まない理由の一つなんです……」

「このフィット感、硬くもなく柔らかくもなく、なんていったらいいんだろう。とことん技術を追求すると、これほどの高みに到達するものなんだと、職人の技の凄《すご》さ、奥深さを痛感するね」

村雨もかつて、ガルバルディには乗ったことがないといっていただけに、感心しきりの様子である。

「京友禅の職人さんたちも、この質感、乗り心地を出すために、大変ご苦労なさったんですよ。京友禅の革への染色方法は、すでに確立されているのですが、ガルバルディが要求するレベルが余りにも高かったもので……」

「分かるねえ……」

壇がしみじみとした口調でいう。「シートだけじゃないよ。西陣織を使った天井、蒔絵を施したパネルにしても、華美になり過ぎず、控えめでありながらも華がある。それぞれの職人技の凄さが伝わってくるもんなあ。なんか、うちの車とは思えないよ」

うっかり本音を漏らしてしまったのだろう。壇は、決まり悪そうな表情になる。

「うちの車とは思えない？」

果たして村雨は即座に反応したのだったが、そこに不快げな様子はない。

それどころか、突然呵々《かか》と笑い声をあげると、

「そりゃあ、そうだよ。ワールドクラスの高級車なんて、うちは造ったことがないんだもの。しかも、コスト度外視、値段も気にするななんて、高級寿司《すし》屋の時価のようなもんだ。こんな車をうちが造るのは、今回が最初で最後だからね」

「内装やシートにはうちらしさを感じないでしょうが、走ってみればやっぱりトミタの車だと実感できると思いますよ」

運転席に座った戸倉が、エンジンのスタートボタンを押す。

再び、二人は「えっ」というように、驚いた様子で顔を見合わせ、すかさず壇が問うてきた。

「エンジン音がほとんど聞こえないけど？」

「旧型エンペラーの静謐《せいひつ》性は高い評価を受けていますけど、比べてみると次元が違うでしょう？」

戸倉は自慢げにいう。

「なんか、ＥＶに乗っているのかと錯覚しそうになるけど、ガルバルディって、こんなに静かなの？」

そう訊《たず》ねる壇に向かって、

「この静謐さは、トミタの技術があればこそ。プロジェクトに参加したＯＢたちの、経験と技術をフルに活用した結果なんです」

戸倉は誇らしげにいい、話を続けた。

「ガルバルディのエンジンをベースにはしていますが、うちのエンジニアがそのまま使うわけがありませんからね。徹底的に構造を分析して、改良、改善を重ね、部品の材質、特に精度については極限を追求したんです。防音についても、構造、素材を徹底的に吟味して、いま壇さんがおっしゃったようにＥＶに乗っていると錯覚するレベルを目指したのです」

「部品の精度を極限まで追求したというからには、ひょっとして、お父様が？」

「年齢からいっても、大きな仕事はこれが最後になるだろうといいましてね。それに戸倉金属加工は、創業以来、ずっとトミタの仕事を請け負ってきました。親父もガソリンエンジン車には、やはり強い思い入れを抱いているようで、兄がいうには、自ら旋盤の前に立ちもしましたし、品質管理も徹底的に行ったそうでして……」

「そうでしたか……。お父様がねえ……」

村雨が感慨深げに漏らすのも無理はない。

戸倉の父の旋盤技術は神業といえるレベルだが、完全な手作業だけに、新幹線の振動を抑えるダンパーなど、腕を振るえる仕事は非量産品に限られるのだ。

いうまでもなく、自動車に使われる金属部品は、大量生産が基本である。卓越した技術を持っていようとも、手腕を発揮する機会などあるはずもなかったところに、新型エンペラーの仕事が舞い込んだのだ。

果たして戸倉はいう。

「親父も本当に嬉《うれ》しそうでしたねえ……。まさか、トミタの車造りに、自分が直接関われる日がやってくるとは思ってもみなかった。いい土産ができたといいましてね……」

「土産？」

「冥土《めいど》の土産のことですよ、親父もいい歳ですので」

明るい声でこたえる戸倉だったが、凛も、戸倉の父親は九十歳になると聞いた覚えがあるから、冗談では済まない。

これには、どう反応したものか、村雨も困惑した様子だったが、

「じゃあ、お父様が仕上げて下さった部品を使ったエンペラーの乗り心地を体験させてもらおうか」

アクセルを踏むよう、戸倉を促した。

「了解しました。では……」

エンジン音が微《かす》かに、本当に微かに高くなったと思った瞬間、まるで氷の上を滑るかような

スムーズさでエンペラーが動き出した。

既に何度も試乗を済ませている凛でさえ、毎回驚きを新たにするのだから、はじめて体験した二人の反応たるや……。

「これは……」

村雨は短く漏らすと、絶句する。

「この体感……今までの車とは全く違いますね。車っていうより、まるで新幹線の発車時のようなスムーズさじゃないですか……」

なるほど、実に的を射た言葉だ。

静謐さ、滑らかさは、確かに、壇がいうように新幹線のそれに似ていることに凛ははじめて気がついた。

「加速します……」

戸倉が短く告げた直後、エンジンの音がまた少し高くなった。

## 2

四人を乗せたエンペラーは、研究開発センターに併設されているテストコースに入ると、さらに速度を上げていく。

トミタのテストコースは複数あるのだが、このコースの特徴は、原生林が生い茂る森の中を縫うようなレイアウトにある。

両側は緑の壁。コースに沿って広がる空の青。なだらかな左カーブに差し掛かると、やがて真正面に霊峰富士が現れる。

ここがこのコースの最大の名所で、富士山に向かって、三キロほどの直線が続くのだ。

「戸倉さん、今何キロ出ている?」

壇の問いかけに、戸倉は即座にこたえる。

「百二十キロ。国内の高速道路の推定最高速度です」

「エンジン音は相変わらずほとんど聞こえないし、振動、ロードノイズ、タイヤノイズも凄く小さい。旧型エンペラーとは比べものにならないほどの静けさだ。こりゃ、凄い!」

壇は改めて感嘆する。

「吸音、防振、遮音、制振対策は徹底的に行いましたので……」

戸倉は簡単にいうが、車内の音や振動をこのレベルまで低減するのは容易なことではない。防音素材を多用すれば車体重量が増し、燃費の悪化に繋《つな》がる。廃車の際のリサイクルが困難になるという問題もある。また、制振材料は使用環境が高温や風雨等に晒《さら》されることもあって、極めて高い耐久力が求められる。しかも、振動や騒音は発生源によって低周波から高周波のものまで広範囲に及ぶとあって、低減するのは容易なことではないとされてきたのだ。

しかし、この快適な空間を実現できたのには、もちろん理由がある。

「そりゃあ、コスト度外視。最高の素材、最高の部品を集めりゃ、このレベルになりますよ」

戸倉は苦笑を浮かべる。「なんせ、ワールドクラスの超高級車ですからね。旧型エンペラーもかなり高額な部類でしたが、とはいえ販売価格はそれなりの範囲内に抑えなければならなかったわけですから」

「確かに、それはいえているかもしれないね」

村雨はいう。「同じ車造りでも、量産品とは、開発手法も製造方法も、根本から違うんだよな」

「我々のような人間には、夢のような仕事でしたね……」

戸倉は一転、しみじみという。「現役の頃に携わってきた新車開発では、高性能かつ低コストが至上命令でしたのでね。部材や部品に関しては、大量発注でコストを下げるにしても、素材や精度と様々な部分で妥協しなければならないことも多々あったんです。〝やれる〟と〝やる〟は別物だ。そんな諦《あきら》めにも似た考えが、技術者全員の身に染みついていました。でも、今回は全く違う。コストなんか一切考えることなく、最高の素材を使い、持っている技術を思う存分発揮することができたんですから、技術者冥利《みょうり》に尽きるってものです……」

「技術者冥利に尽きるといえば、今回のプロジェクトに参加して下さった伝統工芸に従事する方々の反応は？」

凛に向かって、村雨が問うてきた。

「もちろん、皆さん、大変な期待を寄せています。受注台数がどれほどになるかはまだ分かりませんが、自動車の内装に日本の伝統工芸技術が導入されるのははじめてのことですからね。今回のことがきっかけになって、他の製品分野にも活用が進むのも期待できると……」

「そうだね、京友禅染の革を使ったシートなんて、航空機にもいいかもしれませんよね」

壇が即座に反応する。「全席ってわけにはいかないだろうけど、ファーストクラスやビジネスクラスなら、十分検討に値するんじゃないかな。どちらのクラスも、個室化、半個室化して、ラグジュアリーな空間を演出することで他社との差別化を競い合っているんだもの。興味を惹《ひ》かれる航空会社は少なくないと思うね」

「そうですね。旅客機の個室というなら内張りの素材として、この西陣織の布や、蒔絵を施したパネルも応用できるかもしれませんね。それに……」

凛は、いいかけた言葉を呑《の》んだ。

検証をしてもいないのに可能性を語るのは、思いつきに過ぎない。

「それになんだね？」

村雨に促されるまま、しかし凛は再び口を開いた。

「まだ、ご協力いただいた方々にはお話ししていないのですが、今後トミタとガルバルディが共同で開発していくEVの高級車だけでも、大きな需要が生まれるのではないかと私自身は期待しておりまして……。このエンペラーは完全受注生産ですが、クラスダウンしたEV高級車は大量販売を目指すことになりますから、オプションは絞らなければならないとしても、需要は激増するはずで――」

「もちろん、そのつもりでいるし、そうならなければ我々が困る」

凛の言葉を遮って、村雨が断言する。

その声のどこかに緊張感と決意めいたものが宿っていた気がしたのだったが、

「EVの大衆車市場では、完全に出遅れてしまったからね」

果たして、村雨はいう。「販売を開始して半年経つんだが、実のところ販売状況は、国内でさえ、我々の想定を下回っていてね……」

「国内でさえも……ですか？」

戸倉が眉《まゆ》を顰《ひそ》める。

「まあ、充電インフラの整備が追いつかないでいることもあるし、価格がまだ高いせいもあるのだろうが、やっぱりEV専業でやってきた海外メーカーが強いんだな。実際高額でも、そこそこ売れてはいるからね。中国メーカーの日本進出はこれからだが、割安だし十分使えるという評価が定着すれば、大衆車市場のシェアを一気に持っていかれかねない」

「大衆車市場で訴求力を持つのは、やっぱり価格です。実際、アメリカでは、割安感がある韓国車が健闘していますからね。米中関係が完全に回復しないうちは、中国製EVのアメリカ市場への参入は難しいでしょうが、出遅れた日本メーカーが苦戦を強いられるのは間違いありませんので……」

壇の口調から、内心の忸怩《じくじ》たる思いが滲《にじ》み出る。

巨大市場の一つの中国にとっては、ガソリンエンジン車の時代には欧米、日本の自動車メーカーに握られていたシェアを、一気に取り戻すビッグチャンスの到来だ。EV産業を自国の産業の柱に育てんと、どんな策を打ち出してくるか分かったものではない。

それは、もう一つの巨大市場、アメリカでも同じである。

かつて、国の基幹産業であった自動車産業を衰退させた最大の要因は、高性能、高品質、かつ価格が手頃な日本車が市場を席巻《せっけん》したことだ。

EV時代の到来は、アメリカにとっても、自動車王国の再興を図る絶好のチャンスだ。例えば国内生産車、あるいは国内で製造された基幹部品が使用されているEVのみを対象にした優遇策を打ち出すぐらいのことはするだろう。

「だから、この新型エンペラーは、文字通りトミタのこれからが懸かった、極めて重要な車なんだ」

村雨はいう。「かつて高級車の代名詞だったベンツだって、いまじゃミドルクラスは大衆車の中の上位車種。当たり前に見かける車になってしまったからね。それでも、販売価格は五百万円以上もするんだ。つまり、日本にもその価格帯の車を購入できる層はたくさん存在するし、需要もあるということだ。だから、その層の購買意欲を掻《か》き立てるEVを造り続けられるかどうかにトミタの将来が懸かってくる」

「この新型エンペラーを成功させることで、その系譜を継ぐEVを、憧《あこが》れの車として広く認知させることが重要だとおっしゃるわけですね」

凛の言葉に、「そうだ」と村雨は頷く。

「ガルバルディは今後、超高級EVに専念することになる。セカンドグレード、サードグレードの製造は、企業規模、生産能力の点から不可能だからだ。その点、トミタには、十分な資金、人員、生産能力がある。そこで相談なんだが、篠宮さん……」

改まった口調で、凛の名を口にした。

「はい」

「君に、その仕事を引き受けてもらいたいのだが、どうだろう」

こんなオファーを受けるとは想像もしていなかっただけに、凛もこれには驚き、

「私がですか?」

思わず問い返した。

「この件については、以前から壇君と話していたんだが、新型エンペラーの完成度を体験して、篠宮さんにならその仕事を任せられると、改めて確信したんだ」

「でも、私はＥＶの開発には携わった経験がありませんので……」

「ＥＶは従来の車とは似て非なるものだといわれるが、私自身は必ずしもそうとばかりはいえないと思っているんだ」

村雨は、そう前置きすると、唐突に問うてきた。

「中国では既に完全自動運転のタクシーが運行されているのは知っているよね」

「もちろんです。まだ台数も多くはありませんし、都市も限られているそうですが……」

「日本だと、やれ事故が起きたらどうするとか、完璧《かんぺき》な安全性を求められるが、革新的な技術であればあるほど、初期段階では必ず想定外の不具合が発生するものだ。ならば実際に使って、問題が発覚した都度対処した方が、効率的だと考えたんだろうね」

「その考えには一理あると思います。システムの安全性といえば、真っ先に連想するのは航空機ですが、パイロットはマニュアルに従って操縦しますし、定期的に厳しい訓練を受けていますから、トラブルに直面しても対処できる技量を持っています。その点、自動車は違いますのでね。歩行者、他の交通車両、道路状況と、いくらシミュレーションやテストを繰り返しても、想定外の事態は必ず起きますので……」

「中国は、そこを割り切って実用化に踏み切ったわけだが、こうなると自動運転機能を搭載したＥＶが主流になる時代は、意外と早くやってくるのかも知れない。だがね、ドライバーはハンズフリー、コンピュータが運転を行うようになったとしても、人間が使う乗り物であり、移動手段であることに変わりはないんだ」

その点に異論はない。

「はい……」

凛は短くこたえた。

「その時、メーカーによって自動運転技術の仕様には多少の違いは出るだろうが、機能ではまず差がつかない。当たり前だよね、百パーセントとはいかないまでも、限りなくそれに近い信頼性を確立しなければ、運転をシステム任せにはできないからね」

「その通りですね……」

「さて、そうなると高級車市場では、ユーザーは車選びの基準をどこに置くかだ。もちろんハンズフリーになっても、運転者が注意、監視義務から解放されることはあり得ない。ならば、同乗者が移動中にどんなエンターテインメントを楽しめるか、ソフトの豊富さが決め手になるのだろうか」

ＥＶが従来の車とは似て非なるものとはいえないというからには、村雨が、どんなこたえを期待しているかは明らかだ。

「ソフトは頻繁に新しいものが出てきますし、スマホのコンテンツやビデオゲームが使える程度では、差別化はできません。走行中の車内での使用に限定して開発しても、大した売りにはならないでしょうね。となると、やはり決め手は、ハード面において、より快適な移動空間をいかにして提供し続けられるかになるのではないでしょうか」

「さすがは篠宮さんだ」

村雨は、ニヤリと笑うと話を続けた。

「EVになろうと、人間の移動手段として車が使われる限り、快適な空間を提供することが購入の決め手となると、私は考えているんだ」

村雨を継いで壇が口を開いた。

「こと車内の静謐性については、EVはモーターですから、防音、振動対策はガソリンエンジン車に比べてやりやすくなります」

「別の観点からいえば防音、振動対策は徹底的にやればやるほど、車内の静謐性は高くなるということですね」

凛の言葉に、

「その通り」

壇は我が意を得たりとばかりに頷いた。「そうした点も含め、この新型エンペラーの技術を活用した量産型の高級EVに、ガルバルディとトミタが新たに立ち上げるブランド名を冠して販売したいと考えているんだ」

新型エンペラーの共同開発の後に、両者がパートナーシップを組んで高級EVを開発する構想は、既に聞かされていた。

しかし、このオファーを受ければ、願望であるにせよ「また一緒に仕事ができればいいのだが」といってくれたルイジの意向に沿えなくなってしまう。

こたえに躊躇《ちゅうちょ》した凛に向かって村雨はいう。

「どうだろう、篠宮さん。受けてはくれないかね。壇君と一緒に、トミタの新しい道を切り拓《ひら》いてもらえないだろうか」

「壇と一緒に」って、どういうことだ？

そんな内心が表情に現れたのか、

「実は、壇君の次期社長就任が決まってね」

村雨はすかさず説明をはじめる。「社内政治のことを話してもしかたがないが、次期社長を虎視眈々《こしたんたん》と狙っていたのは何人かいてね。ところが、中国やアメリカのＥＶ市場は、海外勢が握っている。確たる戦略を持たずここでトップになるのは、火中の栗を拾いに行くようなものだと考えたんだろうな。壇君の次期社長就任がすんなり決まったんだ」

そんな裏事情をわざわざ話すからには、それなりの理由があるはずだ。

凜は続きを待つことにした。

果たして、村雨は続ける。

「そもそも、役員の大半は、このエンペラー開発プロジェクトに批判的でね。いまさらワールドクラスの高級車をガソリンエンジン車で造ったところで、売れるわけがないといっていたんだ。ところが、この見事なまでの出来栄えだ。正直いって、私の想像を遥かに超えるレベルだよ。こんな素晴らしい車を篠宮さんは造り上げてくれたんだから、これを次に繋げない手はないだろう」

「社長……これまで一度もここに来なかった理由を、お話しになったらどうです？」

壇が、目元を緩ませながらクスリと笑う。

「そうだな……正直に話すとするか」

村雨はバツが悪そうな表情を浮かべると、

「実は、怖かったんだよ……」

ぽつりと漏らした。

「怖い？」

「どんなものができあがるのか皆目見当がつかなかったからね。いや、篠宮さんの手腕を疑っていたわけではないし、プロジェクトに参加して下さったＯＢの皆さんの力量を疑っていたわけでもないんだ。ただ、今後のトミタのＥＶ戦略、つまり会社の未来がこの新型エンペラーの出来次第で決まってしまうと思うと、さすがにね……」

「開発の進捗状況は、都度報告しておりましたけど？」

怪訝《けげん》な気持が表情に浮かんでしまったのだろう、

「凛ちゃん、僕は分かるな、社長の気持ち……」

口を挟んだ戸倉が続けていう。

「社長ってのはね、会社の規模に関係なく、そりゃあ孤独なものなんだ。なんせ、会社経営の全責任を負う立場にあるんだからね。まして、社長はこのプロジェクトの成否に、会社の将来を賭《か》けた。だからこそ役員の反対を押し切ってこのプロジェクトを進めたんだ。失敗しようものなら、首を差し出して済むってもんじゃない。それこそ、トミタは存亡の危機に立たされることになりかねなかったんだもの」

確かに戸倉のいう通りである。

黙った凛に向かって、戸倉はさらに続ける。

「それに、凛ちゃんは進捗状況は都度報告したっていうけどさ、社長にだって訊ねたいこと、意見したいことは山ほどあったと思うよ。だけど、黙って見守ってきたのは、それだけ凛ちゃんを、我々OBを、信頼して下さったからじゃないのかな」

「戸倉さんのおっしゃる通りです」

壇は感慨深げにいう。

「社長はこの一年半、そりゃあ大変な思いをなさったと思いますよ。エンペラーが期待通りのものに仕上がらなければ、EVの事業計画だって見直さなければならなくなったんです。ならばその時、どこに活路を求めればいいのか……」

壇は、そこで言葉を飲み、後が続かなくなった様子である。

「えっ……。コンティンジェンシー・プラン……なかったんですか？」

凛は呆気《あつけ》に取られた。

コンティンジェンシープランとは、想定外の事態が発生した時に備えて、あらかじめ用意しておく対応策のことである。

大きなプロジェクトでは、何が起こるか分からない。まして会社の将来が懸かったプロジェクトともなれば、用意されていて当たり前だからだ。

「それだけ、トミタは危機的状況に陥りつつあったということです」

壇はいい、安堵するかのように、大きく息を吐いた。

「篠宮さん……」

村雨が再び呼びかけてきた。「ルイジ・ガルバルディは、あなたが我々のオファーを引き受けるかどうかは、篠宮さんの意思を百パーセント尊重するとおっしゃいましたよ」

「えっ？」

「既にガルバルディは、新型エンペラーの後継車種を今度はＥＶで開発すべく、プロジェクトチームの人選を行っている最中です。それに当たって、トミタとのパートナーシップをより強固なものにすべく、エンジニアをはじめとする人材、そして資金提供を、うちに要請してきましてね」

「ＥＶの自社開発は、人材、資金面、費用対効果等々、多くの問題があってガルバルディ単独では困難だとルイジから聞かされておりました。今回の共同開発を機に、トミタとより強固な関係を結び、ワールドクラスのＥＶ高級車の製造を続けていきたいとも……」

「このエンペラーの素晴らしい出来栄えを見て、ワールドクラスの高級車とはどんなものか、この道一筋で歩み続けてきたガルバルディが持つノウハウ、技術力の高さを改めて見せつけられました。そしてＥＶの時代になろうとも、ガルバルディはガルバルディであり続けなければならない、高級車のトップブランドとして残さなければならないという思いを新たにしました」

「では、ルイジの要請に――」

「もちろん、応じるつもりです」

村雨は、凛の言葉を皆まで聞かず遮った。「ただし、長期に亘って良好な関係を維持するためには、常にウインウインの関係であり続けなければなりません」

「おっしゃる通りだと思います」

「そこで、ガルバルディへの資金援助は、出資という形で行うことを提案しようと考えておりまして……」

「出資というと、ガルバルディをトミタの傘下に置くということですね」

「ガルバルディはトミタの人材、ＥＶ製造のノウハウ、資金支援を得て、今まで通りワールドクラスの高級車の開発製造に専念できる。トミタは新ブランドの高級車、ひいては大衆車にガルバルディのノウハウを導入できる。まさに両者、ウインウインの関係が成立することになるんです」

「ルイジは、間違いなく快諾しますね」

凛はルイジとの会話を思い出しながら断言した。

「ＥＶの時代にガルバルディが生き残るには、トミタとパートナーシップを結ぶ以外にないこと、それが傘下に入ることを意味するのも重々承知しているようでしたので……。というより、むしろ傘下に入ることを望んでいると思いますよ」

凛の言葉を聞いた二人は、少し驚いた様子で顔を見合わせる。

凛はクスリと笑うと続けていった。

「ルイジは経営者には違いありませんけど、職人でもありますのでね。しかも、自分の考えに固執することは全くなくて、優れた車を造るためなら、他人の意見にも耳を傾ける度量があるんです。だから、何よりも嫌うのは考えない人間、夢を持てない人間なんです。もっとも、ガルバルディにはそんな人間はいませんけどね」

「いませんって……」

壇は首を傾げて片眉を上げる。

「だってガルバルディは、どんな車を造りたいのか、夢を持たない人を採用しませんからね。職人だって、二代、三代とガルバルディで働いている人はたくさんいますけど、伝統技術を引き継ぎながら、常に創意工夫を重ねているんですよ」

感心した様子の二人に向かって、凛は続けた。

「だから、新型車を開発するとなると、いろんなアイデアが湯水のように湧いてくるんです。そりゃあ、楽しいですよ。少なくともその時点ではコストは度外視、夢を語り合いながらコンセプトを固めていけるんですからね」

「凛ちゃん、僕がいう筋合いのものじゃないけど、いいかな」

ハンドルを握る戸倉が、会話に割って入ってきた。

凛がこたえる間もなく戸倉は続ける。

「傘下に入ったところで、ガルバルディがワールドクラスの最高級ＥＶを造り続けるためには、トミタの経営が盤石であればこそだ。僕にしたって、コスト度外視で最高のＦ１マシンの開発に専念できたのは、トミタにそれだけの余裕があったからだ。ＥＶ市場のシェア争いは、これからが本番だ。トミタのためだけではなく、ガルバルディのためにも、このオファーは受けるべきだと僕は思うね」

戸倉のいう通りかもしれないと凛は思った。

「分かりました」

もはや迷いはなかった。「ご期待に添えるかどうかは分かりませんが、やらせていただきます」

凛はそう告げると、

「ただ一つ、お願いがあるのです」

間髪を容《い》れず切り出した。

「なんだね？」

「今回のプロジェクトに参加して下さったメンバーの中には、内装やシステム、その他にも、新型ＥＶの開発に応用できる技術をお持ちの方が数多くいらっしゃいます。もし、彼ら、彼女らが望むのなら、継続して新しいプロジェクトに参加していただこうと思うのですが、ご了解いただけますでしょうか」

「もちろんです」

壇は即座に快諾したのだったが、「ただ、新ブランドを立ち上げるに当たっては、高級ＥＶのラインナップを四車種揃え、公表と同時に販売を開始したいと考えているのです。ですから篠宮さんには、新ブランドの総開発責任者として指揮を執っていただきたいのですが、いかがでしょう？」

「一度に四車種ですか？」

「もちろん、各車価格は異なりますが、新ブランドで出す新型車は、一貫したコンセプトの下で開発しなければならないと考えましてね。ですから、引き続きプロジェクトに参加する方々も四つに分散して、それぞれのチームでコアメンバーになっていただくことになるかと……」

壇の狙いは聞くまでもない。

「新型エンペラーで培ったノウハウを、それぞれのプロジェクトに広げていこうというわけですね」

「新たなトミタの遺伝子を引き継いで行く人材を育成する、絶好のチャンスですのでね」

壇はニヤリと笑うと続ける。

「もちろん、各プロジェクトのマネージャーを誰にするか、新たに加わるメンバーの人選も含めて、人事は全て篠宮さんにお任せします」

「私に任せるって……面接しないと決められないじゃないですか。採用基準をどうするかだって——」

「ガルバルディの車造りは、メンバーが夢を語り合い、アイデアを出し合うところからはじまるんでしょう?」

壇は凛の言葉を遮ると、「その手法を取り入れた結果、この新型エンペラーが生まれたんです。だったら、どんな車を造りたいのか、夢を持っている社員を選べばいいじゃないですか」

してやったりとばかりに、大口を開けて呵々と笑った。

## 3

いよいよ新型エンペラーの発表会の日がやってきた。

時刻は午後七時。

会場となった高級ホテルの大広間に並べられた椅子は、マスコミや情報発信力を持つ招待客で満席となり、その背後にはテレビカメラの放列ができている。

正面に設けられたステージは、広い宴会場の三分の一ほどを占める巨大なものだが、高さは一メートルもない。その半ばに設けられたゲートは濃い藍色のカーテンで閉ざされており、その背後で二台のエンペラーが披露の瞬間を待っていた。

「本日は、新型エンペラーの発表会にお越しいただき、厚く御礼申し上げます」

司会を務める女性アナウンサーが開会を宣言すると、

「披露に先立ち、トミタ自動車代表取締役会長、村雨克明より、ご挨拶《あいさつ》をさせていただきます」

村雨の登壇を促した。

今風にヘッドセットを装着した村雨がステージに上がると、盛大な拍手が沸き起こった。

「本日ここに、新型エンペラーを披露できますことを大変喜ばしく思います」

招待客に向かって深く頭を下げた村雨は、続けて発明当初、自動車の動力源は蒸気であったことからはじめ、自動車産業の輝かしい歴史を述べると、

「以来、百数十年の時を経て、自動車産業はガソリンエンジンに別れを告げ、新しい時代を迎えました」

いよいよ新型エンペラーに話題を転じた。

「この新型エンペラーは、トミタとイタリアのガルバルディが共同で開発した初の新型車にして、最後のガソリンエンジン車です。創業以来一貫してワールドクラスの最高級車を造り続けてきたガルバルディ、そして世界最高品質の車を造り続けてきたトミタ。この二社が培ってきた高い技術力、両社の職人技の粋を結集した、世界最高峰の高級車にしてガソリンエンジン車

のモニュメントと呼ぶに相応《ふさわ》しい車が仕上がったと自負しております」

村雨は声に一段と力を込め誇らしげに胸を張り、さらに続けた。

「このエンペラーの開発終了を機に、トミタ、ガルバルディの両社はガソリンエンジン車に別れを告げ、ＥＶ事業に専念することになります。そして、今回の共同開発を機に、ガルバルディはトミタの傘下に入り、今後はＥＶでワールドクラスの最高級車の開発、製造を行っていくことになります」

ガルバルディのトミタの傘下入りは、新型エンペラーの共同開発が公表された直後から噂されていたことではあったのだが、公式発表はこれがはじめてである。

詰めかけたマスコミの間からどよめきが起き、無数のフラッシュの閃光《せんこう》が会場を満たした。

挨拶を終えた村雨がステージを去ると、司会が、

「では、続いてガルバルディＣＥＯ、ルイジ・ガルバルディよりご挨拶を頂戴《ちょうだい》いたします」

開始時刻が午後七時となったのは、日伊同時発表とするために時差を考慮したからだ。

東京の午後七時は、ミラノの正午。ステージ上のスクリーンに、ルイジの姿が浮かび上がった。

トミタの発表会場はホテルだが、ガルバルディは本社の一階ロビーである。

ガルバルディの顧客を招待したこともあって、ルイジの背後には鮮やかな彩りの生花が配されたテーブルが並び、早くも招待客たちがシャンパングラスを片手に談笑しながら披露の時を待っていた。

「新型エンペラーは、これまでガルバルディが手がけたどの車をも凌《しの》ぐ完成度に仕上げることができました。日本、イタリア両国の伝統工芸技術を活《い》かした空間、静謐性に満ちた快適な乗

り心地は、日伊両国の匠《たくみ》の技、そしてトミタの卓越した技術力の完璧な融合なくして成し得なかったと断言できます」とルイジは述べ、次いでＥＶでの高級車製造に懸ける決意を語り、挨拶を終わらせた。そして、シャンパングラスを顔の高さに掲げ、

「エンペラーニ、アタラシイリョウシャノカドデヲシュクシテ、カンパイ！」

と、いかにも陽気なイタリア人らしく、たどたどしくも、堂々と日本語で音頭を取った。

日本語は事前に凛が教授したものだが、会場全体が和やかな雰囲気になり、盛大な拍手が沸き起こった。

「では、いよいよ新型エンペラーをご披露いたします」

司会の声が、一段と高く、力が籠《こ》もったものになる。

会場の明かりが消える。

闇に閉ざされた中に、荘厳な音楽が流れはじめる。

「新型エンペラー、最後のガソリンエンジン車、ラスト・エンペラーでございます！」

眩いスポットライトの中に、ステージが浮かび上がった次の瞬間、ゲートを覆っていた深い藍色のカーテンが開き、Ａｉ　Ｂｌａｃｋとハニーゴールドに塗られた二台のエンペラーが現れた。

全く新しいボディカラーであることに加えて、明らかに輝きが違うのは、スポットライトの光量のせいばかりではない。手間暇をかけ、持てる技術の粋をこらした匠の技の成果である。

歓声、溜息、そして感動のあまりか息を呑む気配が伝わってくる。

実際、日々エンペラーを見続けてきた凛でさえそうなのだ。

演出の効果があるにせよ、見事なまでの光沢は、まるで車体がオーラに包まれているかのように神々しい。まさに皇帝、エンペラーと称するに相応しい出来栄えだ。

二台のエンペラーは驚くほどの滑らかさで、ゆっくりと前進をはじめる。そしてステージの半ばで停車すると、ショーファーを彷彿《ほうふつ》とさせる制服を着用したドライバーが降り立ち、運転席のドアを、次いで観音開きになった後部ドアを開け放った。

「では、ただいまより、実際に車内をご覧いただきますが、入場の際に配布した番号順に、五名のグループで順次とさせていただきます。なお車体、内装には絶対に触れないよう――」

司会者の言葉が終わらぬうちに、我慢できないとばかりに列席者が席を立ちはじめ、たちまちステージの周りには人垣ができた。

フラッシュの閃光が、光の洪水となって瞬き続ける。

歓声と溜息、感動と賞賛の声が広い空間を満たし続け、熱気と興奮は、頂点がどこにあるのか見当もつかないほど高まり続けるばかりだ。

もちろん、このエンペラーを購入できるのは、世界でも一握りの富裕層に限られる。しかし、この車の開発を通じて、ガソリンエンジン車であろうとＥＶであろうと、車造りには無限の可能性があることを凛は改めて感じていた。

「凄いねえ……」

壁際に立ち、会場の様子を眺めていた凛に、壇が声をかけてきた。「広報担当も驚いていたよ。新型車発表会には何度も立ち会ってきたけど、メディアの人たちがこんなに興奮する姿は見たことがないって……」

「開発に協力して下さった伝統工芸従事者の方々も、大感激していましたよ。京友禅や西陣織、蒔絵の職人さんたちは、自分たちの技術が車造りに活かせるなんて考えたこともなかったし、異なった匠の技が組み合わさると、こんな空間になるのかって」

発表会に先立ち、伝統工芸職人や塗料会社、戸倉金属加工をはじめとする関係者を招いて新型エンペラーを披露したのは、昨日の夜のことだった。

もちろん派手な演出はなしである。

室内照明だけであったのだが、エンペラーを目にした時の彼らの驚きようは尋常ではなかった。

宴会場の照明は薄暗く感じるものなのだが、むしろ光度が落ちると、神秘性が生ずるのだ。誰も言葉を発しない。

ただ、ただ感嘆、感動の溜息を漏らして、その場に佇《たたず》むだけであった。

だがその一方で、全員の瞳《ひとみ》がきらきら輝き出したのを凛は見逃さなかった。

「塗料会社の開発担当の方もおっしゃっていましたね。自社でテストした時とは全くの別物だ。色合いも輝きも、質感も、職人の技が加わるとこうも違ってくるのかって……」

「同感だね」

壇は大きく頷いた。「考えてみれば、料理なんてその典型だよね。手を加えずとも十分美味《おい》しい素材でも、そこに料理人の技が加わると、生産者が想像もしなかった美味になる。その点からいえば、このエンペラーは、単にトミタとガルバルディの共同作品というより、超一流の技術者、職人のコラボで出来上がった車なんだよね」

「おっしゃる通りだと思います……」

同意した凛だったが、彼らの期待にこたえられるかどうかは、新たにはじまるプロジェクトの結果次第だ。

「でも本番は、これからですよ」

凛は決意を新たに続けた。

「エンペラーの生産台数は、月産二十台が精一杯です。塗料も内装に使用される資材の数も多いわけではありません。このエンペラーだけで終わってしまったら、それこそ労多くして功少なしになってしまいますので……」

「そうだよな……。生産量に限りがある手仕事だから、納品単価は高額になって当然なんだけど、多少利幅が小さくなっても、量が捌《さば》けるに越したことはないからね」

「ですから、次のプロジェクトは、是が非でも成功させなければなりません。品質を落とさず生産量を上げるために、内装のオプションを限定し、どうしてもそれ以外の内装でとおっしゃるお客様には、別途見積もりを提出した上でおこたえする――」

「手仕事とはいえ、仕事がパターン化できれば、作業効率も上がり、生産数も増えていくというわけだね」

壇は凛のいわんとすることを先回りすると、「私にとっても、トミタにとっても、正念場の仕事になるね」

自らを戒めるような口振りで続けた。

「本当に……」

凛はエンペラーを取り囲む人々に視線を向けた。

皆一様に、まるで高価な宝石や美術品を見るような眼差しで、ただただエンペラーに見入っている。

富裕層の中でも、ほんの一握りの人しか購入できないのだから、報道の論調は好意的なものばかりではないだろうが、少なくともガソリンエンジン車のモニュメントと呼ぶに相応しい出来だと認めているのは間違いあるまい。

「車内をご覧になる順番をお待ちの皆様に申し上げます」

司会の声が伝える。「エンペラーの受注は本日この時をもって、世界同時に開始いたしますが、ご購入を検討なさるお客様は、トミタディーラー、ガルバルディの代理店に足をお運びになる必要はございません」

それに続いて、内装の選択、組み合わせのシミュレーションがメタバースを使っていかようにでも行えることを告げると、再び会場内にどよめきが起きた。

次いで、司会者が、

「実際にその仕組みを体験していただけるよう、機材をご用意いたしましたので、どうぞご自由にご覧ください」

告げた瞬間、会場の一角に設けられたボードが引き開けられた。

中に待機していたのは、コントローラーを持った社員。そしてその前のテーブルの上には、数十台のゴーグルが置かれている。同時に、先ほどルイジが映し出された大型モニターに明かりが灯《とも》ると、エンペラーの車内が浮かび上がった。

我先にとゴーグルに殺到する記者たち。

用意したゴーグルは瞬時にして消え去った。

すかさず司会者が告げる。

「なお、ゴーグルを着用いただかないと3Dでの体験はできませんが、デモの画像は前方のスクリーンに映し出されますので、そちらでもご覧いただけます」

「では、只今《ただいま》よりエンペラーの内装シミュレーションを行います」

ステージに現れた、ヘッドセットを装着した若い男性社員が告げると、画面が切り替わり、「まず、シートの柄でございますが――」とデモを開始した。

オプションの豊富さもさることながら、柄をクリックすると瞬時にして車内の雰囲気が変化するのは、やはり見事だ。さらに天井、前部座席の背面と柄を変える度に、どよめきと溜息が上がる。

「やっぱりメタバースは、自動車業界の受注方法を、根本から変えてしまうことになるかもしれないね……」

記者たちの反応を見ながら、壇はポツリと漏らした。

「すぐにというわけではないでしょうが、いずれこれが当たり前の時代が来るんでしょうね……」

凛は正直にこたえた。「海外メーカーの中には、オーダーはネットでしか受け付けないところもありますからね……。でも、大衆車はそもそもオプションの数が限られますから、メタバースは必要ありませんよ」

「確かにそうなんだけど、少なくとも国内では、地方の人口減少に歯止めがかかる気配すらない現状を考えると、ネットやメタバースと関係なく、ディーラー網の再編を迫られる時がくるのは、そう遠くはないと思うんだ」

「人口の減少が市場の縮小を意味するものである以上、海外市場でのシェア獲得は、最優先課題になりますね」

「その観点からしても、この新型エンペラーに続くEVは極めて重要な意味を持つことになる」

壇は断固とした口調でいい、凜の瞳をしっかと見据えた。

凜は壇の視線を捉《とら》えたまま、力強く頷き、覚悟の程を示した。

手にしていたスマホが震えたのはその時だった。

パネルにはルイジ・ガルバルディの文字が浮かんでいる。

「ちょっと失礼します。ルイジから電話が入りまして……」

画面をタップしながら、壇に断りを入れた凜は、返す手でスマホを耳に押し当てると、

「プロント」イタリア語でこたえた。

「どうだね、そちらの様子は」

ガルバルディはパーティースタイルでの発表会である。アルコールが入っているのは先刻承知だ。

そのせいもあってか、ルイジはいつにも増して上機嫌だ。

「いま、エンペラーの内部を記者の皆さんにご覧いただいている最中でして……。同時にメタバースを使ったシミュレーションをデモしているところです」

「皆さんの反応は？」

「とてもいいですね。何もかもが……」

凛は口元が自然に緩むのを感じながら答えると、「そちらは？」

ルイジに向かって問うた。

「とてもいいよ……。とてもね」

その口ぶりから、満面の笑みを湛《たた》えるルイジの顔が浮かぶようだった。

果たしてルイジは続ける。

「一眼見た直後から、購入を決めたお客様が相次いでね」

「決めた？　検討するんじゃなくて？　だって、披露したのは十分前かそこらですよ？」

これにはさすがに凛も驚愕するばかりだ。

「驚くほどのことかね」

ところがルイジは、当然のようにいう。「招待したお客様たちは、主にヨーロッパ、アメリカ在住だが、皆さんプライベートジェットで来てるんだよ。もちろん自腹でね」

その言葉を聞いて、凛はかつて佐村と一緒に訪ねたオークション・ナパバレーの光景を思い出した。

カリフォルニアワインの一大産地ナパでは、一年に一度『プルミエ・ナパバレー』と銘打ったフェスティバルが開催される。

会場では、同地のワイナリーやレストランの出店が軒を連ね、美食とワインを提供する傍らで、カルトワインや旅行券等、趣向が凝らされたアイテムがオークションにかけられるのだ。

驚くべきはその落札額で、時価数十万円の代物が、時に一千万円を超える価格で落札されることも珍しくはないのだ。

というのも、オークションの収益は地域の教育や医療等の活動を行っている非営利団体に寄付されることになっており、落札者は全額を税金の控除対象とすることができるからだ。

もちろんオークションに参加するのは超富裕層ばかりで、全米各地からプライベートジェットでやってくるものだから、ナパ及び近隣の空港はこの間、駐機スペースの確保に追われることになるのだそうだ。

しかし、それにしてもだ。世界の富裕層とはどんなものか、佐村と交際していた頃にはF1会場で、そしてガルバルディでも垣間見《かいまみ》ていた凛にしても、即決とは、ただただ驚くばかりだ。

「でも、仕様はこれから検討するんでしょう？　なのに、もう購入を？」

凛が改めて訊ねると、ルイジは大声で笑い出し、

「エンペラーは月産二十台。出遅れたら納車がいつになるか分かったもんじゃないからね。とにかく発注して、仕様はゆっくり決めりゃいいってわけさ」

また笑い声を上げると、今度は一転、確信の籠もった声で続けた。

「このエンペラーは売れるよ。少なくとも、ガルバルディがこれまで造ってきた、どのモデルをも凌ぐ売れ行きを記録するのは間違いないね」

「もちろん、そうなることを願っていますけど……」

「なるさ」

笑みを湛える顔が浮かんでくるような、優しい声でルイジはいう。「本当に素晴らしい車を

造ってくれた。そして、トミタとの縁を結んでくれたのも、君だ。心から礼をいうよ」

「お礼をいわなければならないのは私の方です」

凛は本心からいった。「だって、ガルバルディで働く機会を与えて下さらなかったら、この仕事に巡り合うことはなかったんですから……」

「だとしたら、それもまさに縁というやつだね……」

ルイジはしみじみとした口調でいい、「過去を振り返る時、〝もし〟を考えても意味はないといわれるが、もし君と出会っていなかったら、このエンペラーが誕生することはなかった。そして、ガルバルディがトミタの傘下に入り、今度はＥＶの世界で、ワールドクラスの高級車を造り続けていくこともできなかったかもしれないんだ……」

その言葉を聞いた瞬間、凛の脳裏に今は亡き佐村の姿が浮かんだ。

佐村と出会ったこと。佐村がトミタのドライバーだったこと。佐村が事故死したこと。

その中の一つでも欠けていたら、今の自分はなかったということに気がつき、凛はこれまでの人生で起きた全てのことが意味を持ち、必然であるのだと思えてきて、

「この車を造るためにヨシと出会ったのかもしれない……」

ステージの上で神々しい輝きを放つエンペラーを見詰めた。

楡 周平（にれ　しゅうへい）
1957年生まれ。慶應義塾大学大学院修了。米国企業在職中に『Cの福音』でデビューし、一躍脚光を浴びる。著書に『Cの福音』『クーデター』『猛禽の宴』『クラッシュ』『ターゲット』『朝倉恭介』の６巻からなる「朝倉恭介VS川瀬雅彦」シリーズのほか、『フェイク』『プラチナタウン』『ドッグファイト』『TEN』『サリエルの命題』『食王』『ヘルメースの審判』『サンセット・サンライズ』『ショート・セール』など多数。

本書は「日刊ゲンダイ」2022年４月４日～９月29日発刊号の連載を加筆修正のうえ、単行本化したものです。

ラストエンペラー

2023年12月15日　初版発行

著者／楡《にれ》 周平《しゅうへい》

発行者／山下直久

発行／株式会社KADOKAWA
〒102-8177　東京都千代田区富士見2-13-3
電話　0570-002-301（ナビダイヤル）

印刷所／旭印刷株式会社

製本所／本間製本株式会社


ISBN 978-4-04-112768-1　C0093